たくらみは終わりなき獣の愛で

愁堂れな

幻冬舎ルチル文庫

CONTENTS ✦目次✦

たくらみは終わりなき獣の愛で

✦カバーデザイン＝高津深春（CoCo.Design）
✦ブックデザイン＝まるか工房

イラスト・角田　緑✦

たくらみは終わりなき獣の愛で

1

「く……っ」

内臓を圧迫するような勢いで、逞《たくま》しい雄が突き立てられる。ぼこりぼこりとした形状のそれが内壁を擦《こす》り上げ、擦り下ろすたびに生まれる摩擦熱が、高沢裕之《たかざわひろゆき》の身体《からだ》を内側から焼いてゆく。

「……もう……っ……あっ……」

ベッドがギシギシと軋《きし》む音が聞こえ始めてから随分になる。高沢を組み敷く『彼』がそのたおやかな美貌《びぼう》からは想像がつかぬほどの絶倫ぶりを誇る男であるということを、知らぬ者は関東にはほぼいないといっていい。

「……っ……」

機械さながらの正確なリズムで律動を続け、高沢を突き上げている男の名は櫻内玲二《さくらうちれいじ》。関東最大の組織、菱沼組《ひしぬまぐみ》の若き五代目である。

三十五歳という若さで関東一円を手中に収めたこの櫻内という男は、十代の頃から極道の世界では相当名を馳《は》せていた。

彼の特徴を人に問うたとき、十人中九人がまずその美貌を口にするのではないかと思われる。

どのような美女も彼の隣では色褪《あ》せて見えるとも言われる、絶世の美男であった。白磁のごとき美しい肌の持ち主で、どちらかというと優しげな女顔をしているのだが、女性的な印象はまるでない。それは双眸《そうぼう》の鋭さゆえで、彼が切れ長の瞳で一瞥《いちべつ》するだけで、腕自慢のいかつい極道たちを竦《すく》ませることができた。

それほどの美形と聞くと人は、若くして組長の座へと上り詰めたのもその美貌を駆使したためではないかと勘ぐるかもしれない。確かに極道の世界にその手の趣味を持つ者も多いというが、櫻内を関東一の座に押し上げたのは彼の美貌ではなかった。

綺麗《きれい》な顔に似合わず武闘派でならした彼は、いわばその『力』で今の座に君臨したのだった。まるで暴力を楽しんでいるかのようだと言われるほどの暴れぶりを見せた若い頃には、彼の通ったあとには草一本生えないという噂《うわさ》が立ったという。

暴れすぎたおかげで数年塀の中に入っていたこともある。服役中に知り合った関西一の組織、岡村組《おかむらぐみ》の若頭八木沼賢治《やぎぬまけんじ》とは、当時、天と地ほどの立場の違いがあったにもかかわらず、八木沼に惚《ほ》れ込まれて兄弟盃《さかずき》を交わし、極道界の話題をさらった。

そのことからもわかるように、櫻内に備わっているのは『力』だけではなかった。明晰《めいせき》な頭脳と抜群の判断力、それに加えて人を惹《ひ》きつけずにはおられない人望を併せ持っていたがゆえに彼は、関東一の組織の長となったわけだが、その彼の寵愛《ちょうあい》を今一身に集めているのが、櫻内の下で快楽に身悶《みもだ》えているこの男、彼のボディガード兼愛人の高沢なのだった。

高沢の前職は刑事である。同僚の陰謀により警察を追われた彼は、かつてオリンピック候補にも上がったほどの射撃の腕の持ち主で、その腕に惚れ込み——惚れ込んだのは『腕』だけではなかったのであるが——櫻内が彼を自分のボディガードにスカウトし、後に愛人の座に据えた。

櫻内はそれなりに色を好み、高沢と知り合う前には女の愛人が複数いたのだが、高沢を相手と決めてからは一切の女と手を切り、新たに愛人を囲うこともなかった。

一方高沢はといえば、警察官であった頃から——否、多分物心ついたときから何事においても非常に淡泊な男で、性愛が絡まない人間関係も実に淡泊であり、人にも、そして金品を含むモノにも執着を見せたことがなかった。

その彼が唯一執着しているのが拳銃《けんじゅう》——射撃なのだった。刑事という最も人道的といってもいい立場にいた彼がヤクザのボディガードを引き受ける気になったのも、櫻内が奥多摩《おくたま》に設備の整った射撃練習場を保有していたからである。

好きなときに好きなだけ銃を撃っていいという誘惑に高沢は屈したのであるが、まさか自分が男の愛人になることまでは予測していなかった。

最初は無理やり抱かれていた彼も、連夜櫻内にベッドの上で攻め立てられるうちにすっかり行為にも慣れ、最近では快楽に高く喘《あえ》いだ挙げ句に失神してしまうこともよくあった。

身体だけではなく、気持ちのほうも随分と櫻内に馴染《なじ》み、今や高沢にとって櫻内は銃以外に執着を覚える唯一のものといえないこともなかった。

「あっ……もうっ……もうっ……」

延々と続く突き上げに、高沢が悲鳴を上げる。もと刑事でもあるし、それなりに身体を鍛えてもいるのだが、櫻内の人間離れした体力にはさすがについていかれず、行為の最中彼がこうして泣きを入れることはよくあった。

「………」

櫻内の動きが一瞬止まり、黒曜石の輝きを見せる美しい瞳が、息も絶え絶えな高沢を見る。

「……仕方がないな」

やや紅潮した櫻内の頬《ほお》が笑みに緩まる。やれやれ、といわんばかりの口調で呟《つぶや》いたあと、抱えていた高沢の片脚を離し、腰の律動を再開しながら彼の雄を一気に扱《しご》き上げた。

「あぁっ……」

ようやく達することができた高沢が、大きく背を仰《の》け反《ぞ》らせる。櫻内の手の中に飛んだ精液は薄く少量であったが、これが今夜三度目の射精ともなれば無理もないといえた。

「大丈夫か」

ぜいぜいと息を乱す高沢に、櫻内が覆い被《かぶ》さるようにして尋ねる。

「水……」

意識をほぼ失いかけていた高沢がそう呟いたのに、櫻内は「わかった」と微笑《ほほえ》み、身体を離した。

「……っ」

未《いま》だ硬度を保っている雄が後ろから抜かれた感触に、高沢が小さく声を漏らす。

「もう少し体力をつけたほうがいいな」

全裸のまま部屋を突っ切り、隅に置かれた冷蔵庫にミネラルウォーターを取りに行った櫻内が、ペットボトルを手に戻ってきて、高沢の目の前に差し出した。

「……無茶を言うな」

ようやく息が整ってきたと同時に、朦朧《もうろう》としていた意識も戻ってきた高沢が、手を伸ばし櫻内の手からペットボトルを受け取ろうとする。

「射撃練習場に行く時間を減らせばいい。その分ここのジムで基礎体力をつける……どうだ？」

高沢の手が触れる直前、櫻内がペットボトルを取り上げキャップを開けて水を口へと流し込む。

「おい」

自分にくれるのではなかったのか、と高沢が非難の声を上げたのに、櫻内はどさりとベッドに腰を下ろすと、高沢へと覆い被さり、強引に唇を塞《ふさ》いできた。

「……っ」

冷たい水が口内に流れ込んでくるのを受け止めることができず、唇から零《こぼ》れた水が高沢の頰を幾筋《いくすじ》も伝ってゆく。冷たい、と高沢が首を竦めたのに、櫻内はそれは楽しげに笑うと、

「なんだ」

身体を起こし、わざとらしく呆《あき》れてみせた。

「せっかく飲ませてやろうとしてるのに」

「自分で飲む」

からかわれていることに気づき、高沢が憮然《ぶぜん》とした声を出す。関係が始まった当初は、高沢が櫻内に対しこのような砕けた態度を取ることはなかった。砕けた、というよりは無意識のうちに甘えを感じさせる態度である。

憮然とした態度を取っても櫻内に許されるという『甘え』——高沢自身が気づいていないその『甘え』を、色欲の世界には高沢とは比べものにならないほど通じてる櫻内は敏感に察したようで、嬉《うれ》しげな顔で微笑むと、再びペットボトルの水を口に含んだ。

「おい」

そうして覆い被さってきた櫻内の胸を高沢は一瞬押しやろうとしたが、抵抗しても無駄とすぐに察したようで、目を閉じ彼の唇を受け止める。

「ん……」

不意をつかれた先ほどは飲み損ねたが、今度は高沢も学習したようで、櫻内が口移しで注ぎ込んでくる冷水をきっちりと受け止め、ごくごくと喉《のど》を鳴らして飲み下した。

「…………」

櫻内がよし、というように微笑み、身体を起こす。

「もう少し飲むか？」

「ああ」

頷《うなず》いた高沢はもう『自分で飲む』とは言わなかった。櫻内が再びよし、というように目を細めて微笑んだあと、ペットボトルの水を口に含み高沢にゆっくりとくちづけてゆく。

高沢の喉が鳴り、受け止め損ねた水が彼の唇の端から一筋首筋へと流れ落ちる。櫻内の唇がその滴《しずく》を追い首筋へと移ってゆくのに、高沢はぎょっとしたように目を見開くと、両手で彼の胸を押しやろうとした。

「どうした」

櫻内が手にしていたペットボトルをサイドテーブルに下ろしながら、微《かす》かに唇を離して高沢に問いかける。

「もう、無理だ」

これ以上行為を続ければ、明日腰が立たなくなると首を横に振る高沢に向かい、決まり文句とも言うべき櫻内の言葉が発せられた。

「お前の限界は誰より俺が知ってるよ」

「だから……っ」

限界までやられたのでは身体がもたない、という高沢の主張は戻ってきた櫻内の唇に唇を塞がれ退けられてしまった。櫻内が、嫌がり身体を捩《よじ》る高沢を身体で押さえ込み、両脚を抱え上げて腰を高く上げさせる。

「明日は非番だ。ゆっくり寝ていればいいさ」

「よせ……っ……あっ……」

ずぶり、と未だ硬度を保ち続けていた櫻内の雄がねじ込まれてきたのに、『もう、無理』であったはずの高沢の後ろはその質感を悦《よろこ》び、ひくひくと蠢《うごめ》いては櫻内の雄を締め上げた。

「ほらな」

くす、と笑った櫻内がずい、と腰を進めてくる。

「あっ……はぁっ……あっ……」

再び始まる激しい突き上げに、鎮まっていたはずの高沢の欲情に火がつき、唇からは悩ましい声が漏れてゆく。

翌日が高沢の非番の日である夜には、二人の行為は延々と、それこそ空が白々と明るくなる頃まで続くことがしばしばであるのだが、このところの櫻内は今までに増して執拗《しつよう》に、そして激しく高沢を求めた。

高沢との行為はいわば自分にとっての『癒《いや》し』なのだと、櫻内は冗談めかして口にしたことがあったが、『癒し』も必要となろうという事態が今、新宿の街に起こりつつあった。

三ヶ月ほど前、中国黒社会の一団体が日本に上陸、まずは大阪を手中に収めようと派手なパフォーマンスをし、櫻内と兄弟盃を交わした岡村組の若頭、八木沼が重傷を負うという騒動が沸き起こった。

義兄弟の危機は捨て置けぬということで、櫻内は大阪へと出向き、無事その組織の長たる中国人から大阪の街を取り戻した。

「今度は新宿を狙《ねら》います」

若き中国黒社会のボス、趙《チョウ》はそう予言し一旦《いったん》は日本から退いたのだったが、その彼が早くも宣言どおり、新宿の街を荒らし始めたのである。

大阪では先に岡村組の若頭補佐を全員射殺し、組長にシマの明け渡しを迫るという、いわばトップを抑える方法をとった彼らは、東京では三次団体、四次団体の管理する飲食店、風俗店あたりの裾野《すその》ともいわれる部分から、じわじわと勢力を浸透させてきた。

当初はチンピラ同士の小競《こぜ》り合《あ》いに見えた諍《いさか》いが、気づいたときにはかなりの規模の抗争に発展し抑えがきかなくなる。血を流すことになんの躊躇《ちゅうちょ》も見せない非道な中国人マフィアの卑劣な仕掛けに、櫻内が組長に就任した後はそれなりの平穏さを保っていたはずの歌舞伎町は、酷《ひど》く物騒な街と化していた。

闇討《やみう》ちに近い中国人マフィアの手先の攻撃を防御する術《すべ》はなく、今や菱沼組の二次団体には三次団体、四次団体から、彼らの排斥《はいせき》に力を貸してほしいという要請が殺到しているという話だった。日本人同士の闘争であれば、二次団体の幹部が出張《でば》っていけば話がつく。だが相手が話どころか言葉も通じない中国人では対処のしようがなく、毎夜のごとく街のどこかで人命が失われる流血沙汰《ざた》が起こるのを、菱沼組は手をこまねいて見ているしかないというのが現状だった。

菱沼組が動けないのは、それらが趙による挑発であることがわかっているためだった。ここで組が表立って動けば、趙に抗争のきっかけを与えることになる。彼はしてやったりとばかりに香港から組織を上げて乗り込み、今以上に歌舞伎町で暴れまくるに違いなかった。

被害は甚大になり、下手《へた》をすると死人の山が堆《うずたか》く積まれることになりかねない。街自体の機能もストップし、爆破でも始められようものならそれこそ廃墟《はいきょ》と化しかねないという惨事を避けるためにも、ここは我慢のしどころだと櫻内は二次団体を抑えていた。

彼が趙を迎え撃つのにいかなる作戦を立てているのか――櫻内のことであるから何かは考えているのだろうが、その内容は未だ彼の頭の中にあり幹部たちにも明かされていないとのことだった。

機を見ているのだろうとも言われていたが、中国人マフィアの勢力はじわじわと新宿を侵しつつある。己《おのれ》が制している街が荒らされてゆく様に、櫻内が焦燥と苛立《いらだ》ちを覚えないわけがなく、それらの感情を閨《ねや》へと持ち込むがゆえに、このところの櫻内の高沢への攻め立ては執拗かつ激しいものとなった。

とはいえそれは、櫻内が高沢との行為に苛立ちをぶつけていたという意味ではない。前述のとおり櫻内にとっては高沢との行為は『癒し』であるため、いつも以上に丁寧に、そしてしつこく彼を求めたというだけのことである。

それゆえここ半月というもの、夜ごとの行為に高沢の消耗も激しく、翌日起き上がれないこともあるほどだが、今夜もまた彼はその憂《う》き目に遭わされていたというわけだった。

「あ……っ……あぁっ……あっあっ」

喘がされすぎてすっかり嗄《か》れてしまった高沢の声が、櫻内の寝室に響き渡る。それから延々と、ついに高沢が腕の中で失神してしまうまで、櫻内の突き上げはその夜続いたのだった。

翌朝、高沢は櫻内に朝食だと起こされても、起き上がることができないような状態だった。

「ベッドに運ばせるか」

仕方がない、と肩を竦めた櫻内がひらりと寝台を降り、傍《かたわ》らの椅子《いす》の背にかけてあったガウンを身にまとう。

腕一つ持ち上がらない自分の消耗ぶりと比べ、あの身軽さはどうだと高沢が目を見開いている間に櫻内は寝室のドアまで歩いていくと、無造作にそのドアを開いた。

「今日はベッドで朝食を取る」

外に控えていた者に伝える櫻内の声が高沢の耳に響いてくる。

「かしこまりました」

慌てた様子で返事をし、ばたばたと駆け出していった、あの声は渡辺《わたなべ》か、と高沢が室外の様子に耳を澄ませる間もなく、バタン、とドアが閉められた。

櫻内の寝室の前には常に数名の組員が立つ。ここ渋谷区松濤《しょうとう》にある櫻内の私邸の離れには三十名ほどの若い組員が住み込み、広大な私邸を警護していた。

要塞《ようさい》と見紛《みまが》う設備を誇る櫻内の私邸は――勿論《もちろん》外観は、モダンで瀟洒《しょうしゃ》な現代風の建物であるのだが――手榴弾《しゅりゅうだん》ごときではびくともしない堅固なものである。戦争でも始まらない限りは警護網は破られることはないというのが櫻内の自慢でもあるのだが、その櫻内をして常駐する若い組員を増やし、地下の充実した武器庫の更なる充実を図らせたのは、得体の知れぬ中国人マフィアに脅威を感じていたためであろう。

組員の間にも動揺が走っていたが、櫻内は彼らの前では悠然とした態度をとり続けているので不安に陥る者はそういないという噂だった。

自分が動揺を見せれば組員は倍――否、十倍二十倍に動揺する。それを櫻内は充分理解しているために、普段感じているであろう焦燥や苛立ちを押し隠し、それを夜の行為で発散しているのだろうと高沢はぼんやりそんなことを考えながら、引き返してくる櫻内を見つめていた。

「どうした、朝からそんな悩ましい視線を送ってくるとは」

濃い青色の絹のガウンが櫻内の白い肌によく似合う。そのガウンのあわせから覗《のぞ》く彼の首筋の方がどれだけ悩ましいかと心の中で呟きながら高沢は、

「いや」

なんでもない、と首を横に振った。

「今日は奥多摩へは行くことができなそうだな」

高沢の横たわるベッドにどさりと腰を下ろした櫻内が、にっと笑って顔を見下ろしてくる。

「………」

人の顔色を見るのが得意な方ではない高沢ではあるが、最近、櫻内が奥多摩の射撃練習場へと自分が向かうのを嫌がるようになったことは察していた。

奥多摩の射撃練習場には、高沢の警察学校時代の射撃の教官、三室《みむろ》がいる。

三室もまた警察を退職時に櫻内にスカウトされ、櫻内が組員のために建設した射撃練習場の教官兼管理者となった。

射撃練習場には露天風呂を備えた、あたかも高級旅館のような離れがあり、三室はその離れに住んでいる。半月ほど前、高沢は三室に誘われその離れに一泊したのだが、それ以来櫻内は高沢が奥多摩に行くのにいい顔をしなくなったのだった。

因《ちな》みにその離れには三室以外にも彼の身の回りの世話をする金子《かねこ》という若い組員がいるのだが、彼と三室は愛人関係にあるらしいと高沢は櫻内から聞かされた。

自分以上に色恋沙汰に興味がないと思っていた三室が、年若い愛人を持つとはと、高沢は非常に驚いたものだったが、その話が真実か否かを確かめる術も興味も彼は持ち合わせていなかった。

そのことと、櫻内が自分を射撃練習場へと行かせたがらないことには何らかの関連があるのかと高沢は考えはしたが、こちらには一応『興味』はあったものの確かめる術がなく、まあ、行くなと言われているわけではないし、と敢《あ》えて深く追求するのを避けていた。

今日も午後には体調も整うであろうから、軽く撃ちに行くかと考えていた高沢の頭の中を覗いたかのようなタイミングで、櫻内が小さく溜《た》め息《いき》をつく。

「……どうしてお前は、拳銃にそう目がないんだか」

「……さあ」

理由など考えたことがない、と高沢は首を傾《かし》げたが、なぜに櫻内がそのようなことを言い出したのだと、そのことも同時に疑問に思った。櫻内が高沢にゆっくりと覆い被さりながら尋ねてくる。

「そんなに銃が好きか？」

「ああ」

コンマ何秒という高沢の即答ぶりに、櫻内が吹き出した。唇が触れるほどの距離まで顔を近づけられていたため、櫻内の息が高沢の顔にかかる。

「本当にお前は……」

くすくす笑いながら櫻内が高沢の唇を塞ごうとしてきたちょうどそのとき、

「失礼します」

ノックの音と共にドアが開いたのに、高沢は櫻内の胸を押しやり身体を起こそうとした。

ワゴンを押しながら室内に入ってきたのは、若い組員の中でも櫻内への心酔ぶりは、一、二を争うと評判の早乙女《さおとめ》だった。

まだ二十歳《はたち》そこそこの、いかつい顔をしたこの若者もまた、櫻内のボディガードの一人だった。

櫻内には高沢を始め、拳銃を手に遠方から守るボディガードと、常に行動を共にし、身体を張って——早い話が盾の役割である——彼を守るボディガードがいるのだが、早乙女は後者で、なんでもその役割は自ら志願したものだという話だった。

チンピラ特有の性格とでも言おうか、単純で直情型、思慮が浅く怒りっぽくはあるが、それでも人はいいという、なかなか可愛《かわい》らしい性格をしている彼は、なぜか高沢によくなついていた。

暇さえあれば高沢の許《もと》を訪れ、一方的にあれこれと喋《しゃべ》って帰ってゆく。高沢は警察時代も学生時代も、後輩から慕われたことなどなかったため――後輩だけでなく、先輩や同僚からもどちらかというと遠巻きにされていたのだが――早乙女が何かというと自分に会いにきてはいろいろ世話を焼こうとすることに違和感を覚えはしたものの、面倒だの嫌だのという負の感情を抱くことはなく、それなりに彼らの間には、友情だか連帯感だかの、なんらかの心の交流があった。

早乙女は全裸のまま寝ている高沢と、彼に覆い被さったまま自分へと視線を向けて寄越した櫻内の姿を前に、一瞬、マズいところに来合わせてしまったなという顔になった。

「ご苦労。セッティングも頼む」

そそくさと部屋を出ようとしていた早乙女の背に櫻内はそう声をかけたあと、再び高沢へと覆い被さろうとする。

「おい、よせ」

くちづけだけでなく、上掛けをめくり裸の胸へと掌《てのひら》を這《は》わせてきた櫻内の右手を、高沢が慌てて押さえた。

感情に乏しいとはいえ、彼にも人並みの羞恥心《しゅうちしん》は備わっている。人前で何をする気だと高沢が櫻内を睨《にら》み上げたのに、櫻内は悠然と笑って彼の手を振り払った。

「テーブルセッティングが終わるまでの退屈しのぎだ」

そう言い、露《あら》わにした裸の胸に顔を埋《うず》めてくる櫻内に、高沢は冗談じゃないと彼の髪を摑《つか》もうとしたのだが、

「あっ……」

舐《ねぶ》られすぎて紅《あか》く色づいている胸の突起を強く嚙《か》まれ、痛み——だけではない感覚に堪《たま》らず声を漏らした。

「…………」

くす、と櫻内が目を上げて笑い、もう片方の乳首を指先できゅっと摘《つま》み上げる。

「よせ……っ……あっ……」

肩を押しやり、逃れようとしても、がっちりと押さえ込まれてしまい身動きがとれないでいる高沢の胸を、櫻内が唇で、舌で、指先で愛撫《あいぶ》する。

「やめ……っ……あっ……」

ギシギシという寝台が軋む音と、かちゃかちゃとナイフとフォークが重なり合う音が寝室内に響き渡る。

「あ、あの、セッティング終わりました！」

早乙女が声をかけたときには、櫻内の愛撫に身を捩ったせいで、高沢の勃《た》ちかけた性器が

ぎりぎり隠れている腹のあたりまで上掛けが捲《めく》れてしまっていた。

「ご苦労」

まるで何事もなかったかのように櫻内が高沢の胸から顔を上げ、早乙女に微笑んでみせる。

「し、失礼しやす」

愛撫の中断で我に返った高沢が上掛けを引っ張り上げている間に、早乙女は脱兎《だっと》のごとく部屋を出ていき、バタンと勢いよくドアが閉まる音が室内に響き渡った。

「さて、食事にするか」

櫻内がにっこりと微笑み、高沢の腕を摑む。

「本当にどういうつもりだ？」

舐られ、弄《いじ》られ続けた胸の突起が疼《うず》き、う、と小さく声を漏らしながらも、高沢が櫻内を睨んだのに、

「なんだ、ソッチが先か？」

櫻内がわざと勘違いをしたふりをし、もう片方の手を上掛けの中に突っ込むと、高沢の雄を握った。

「冗談はよせ」

朝から何を考えているんだ、と高沢が慌てて制しようとするのも聞かず、櫻内は握ったそれを一気に扱き上げてくる。

「よせ……っ……っ……おいっ……」

櫻内が再び高沢の胸に顔を埋め胸の突起を強く吸い上げるのに、彼の手の中で高沢の雄はびくびくと震え、昨夜からの行為の余韻が燻《くすぶ》る身体の芯《しん》に再び熱が籠《こ》もり始めた。

「あっ……あぁっ……あっ……」

嗄れた高沢の声が、燦々《さんさん》と朝陽《あさひ》の降り注ぐ寝室に響き渡る。

「朝食が冷めるが、まあよしとするか」

笑いを含んだ声で櫻内が呟き、上掛けを引き剝《は》ぐと高沢の両脚を抱え上げた。

「あぁっ……」

感覚がなくなるほどに前夜突き上げられたそこに、櫻内の太い雄がねじ込まれてゆく。一気に奥まで貫かれ、汗に濡《ぬ》れた身体を仰け反らせた高沢の意識は既に、寄せ来る快楽の波へと攫《さら》われてしまっていた。


結局用意された朝食はすべて、温め直さざるを得なくなった。高沢の分は本人が食卓につくこともできないくらいに疲れ果てていたため下げられ、櫻内一人の朝食となったのだが、相変わらず朝から分厚いステーキを平らげる彼には、欠片《かけら》ほどの疲労の色も感じられなかっ

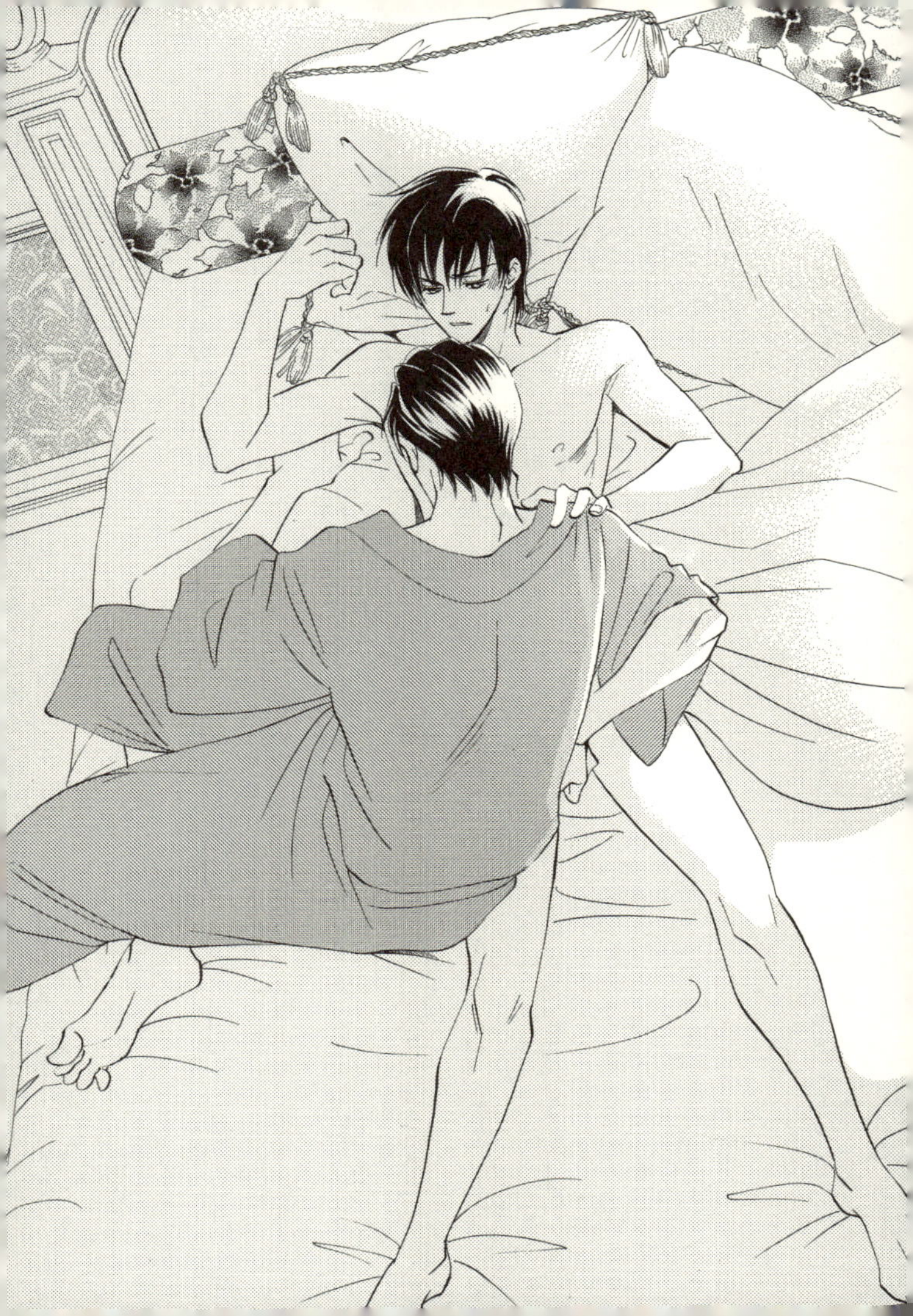

た。

「化け物だな」

今度こそついに『腰が立たない』状態となった高沢が、ベッドの中から櫻内に恨みがましい目線を向ける。

「失敬な。日頃の鍛え方の問題だろう」

ミディアムレアのステーキを咀嚼《そしゃく》する歯も美しい櫻内は涼しい顔でそう言うと、にや、と高沢に微笑んでみせた。

「悔しかったら身体を鍛えるんだな。専用のトレーナーをつけてやる」

「……結構だ」

ぶすっと言い捨てながらも、高沢の脳裏にふと、もしやここまで体力を消耗させられたのは、今日の午後、奥多摩の射撃練習場に行くつもりであることを櫻内が察したからではないかという考えが浮かんだ。

「……どうした？」

まさか、と思いつつも櫻内の顔を見やった高沢に、櫻内が黒曜石のごとき輝きを見せる美しい瞳を細め、微笑みかけてくる。

「いや……」

考えすぎだろう、と高沢は首を横に振ったが、『まさか』という思いは振り落としきることはできなかった。

そうこうしているうちに櫻内は朝食を取り終わると、さっさとシャワーを浴び、ベッドから起き上がることもできずにいる高沢を部屋に残し、一人出かけていった。

今夜は臨時の寄り合いがあるので、帰宅は遅くなると言い置き櫻内が部屋を出たあと、高沢はやれやれ、と溜め息をつくと、汗と精液に塗《まみ》れたシーツの上で寝返りを打った。

組長の――櫻内の愛人と呼ばれるようになって久しいが、高沢には今ひとつ自分が『愛人』だという自覚がない。

自覚がないからというわけではないのだが、時折彼は櫻内の嫉妬《しっと》に気づかず、結果酷い目に遭うことがままあった。

酷い目といっても、身体を傷つけられたことは一度しかなく、たいていは今日のように腰が立たなくなるほどに攻め立てられるという甘い快楽を伴う責め苦ではあるのだが、体力的にキツいことに変わりはない。

櫻内のことならなんでもわかると豪語する早乙女に言わせると、櫻内は独占欲の塊《かたまり》であり、嫉妬心も人並み外れてすごいというのだが、その対象となっているのが自分であるということに、高沢はどうも違和感を覚えずにはいられないのだった。

そんな胸の内を早乙女にでも告げようものなら、だからこうも酷い目に遭うのだと言い込められるであろうことは、過去その経験があるゆえ高沢にもよくわかっていたのだが、理解できないものは仕方がない。

理解すれば回避への道が開けるのだろうかと思いながらごろりと寝返りを打った高沢は、上掛けの中から立ち上る精液の匂《にお》いに、顔を顰《しか》めた。

今朝のところは『回避』できなかったために、午後から奥多摩へ行くこともかなわなくなった。専用トレーナーはともかく、身体を鍛える必要はあるなと溜め息をつく高沢の脳裏に、しなやかな動作でベッドを降り立ちガウンを羽織る櫻内の姿が蘇《よみがえ》る。

真珠のごとく輝く白い肌が、濃い青色のガウンによく映えていた。色香漂うその姿には思わず目を奪われてしまうのだ——いつしかぼんやりと幻の櫻内の姿を追っていた自分に気づき、なんとなくいたたまれない思いが込み上げてきた高沢は、とにかく少し眠ろうと目を閉じた。充分な睡眠こそが体力回復の一歩だと思ったからである。

今夜は遅くなると言っていた。明日は自分も勤務のローテーションの日であるし、昨夜のような状況にだけは陥らないようにしなくては、と高沢は一人回避策を考え始めたのだが、結局彼のその用心は無駄になった。

その日の午後、歌舞伎町の街中で櫻内ら一行に銃弾が撃ち込まれたせいで、夜の寄り合いが中止になったためである。

2

櫻内一行が狙撃《そげき》されたのは、まだ日も高い午後一時過ぎ、しかも靖国《やすくに》通りから『歌舞伎町一番街』と書かれたゲートをくぐってすぐの、人の行き来の最も多い場所だった。

櫻内の前に早乙女ともう一人若手がつき、左右にも二人ずつ、背後にも二人つくというガードが功を奏し、被弾したものの櫻内本人に怪我はなかった。

前を歩いていた、早乙女ではない方のボディガードが気づき、櫻内の前に身を投げ出して危機を救った。ボディガードは防弾チョッキを身につけていたため怪我もなかったが、狙撃手の逃走は許してしまったらしい。

その報告はすぐさま櫻内邸にいる高沢のもとへも届けられた。ようやくベッドから起き出し、シャワーを浴び終えたところに住み込みの若い組員渡辺がその報を届けにきたのである。

渡辺はアイドル歌手にでもなればそこそこいいところまで行ったのではと思わせる、顔立ちの非常に整った若い衆だった。面食いの早乙女が気に入り、自分の子分のように使っている男である。

早乙女の子分ではあるが、早乙女よりは頭がよく機転も利く彼は、高沢に報告する際、まず櫻内の無事を伝えてから詳細を説明し始めたので、高沢はさほどの衝撃を受けることもなく一連の出来事を知ることができた。

「しかし、真っ昼間からあんな人目のあるところで狙われるとは……ボディガードの誰かしらが気づきそうなものだが」

櫻内の外出時には、拳銃を所持したボディガードが四名、数メートル離れた四方から彼をガードしているはずだった。彼らの目をくぐり抜けることは不可能に近いのではと高沢は疑問を口にしたのだが、渡辺の答えにはさすがの彼も驚きに打たれることとなった。

「それが、組長狙撃の直前に、前方にいたボディガード二人が殺されたようなのです」

「なんだと？」

まさか、と目を見開いた高沢に、渡辺が神妙な顔で頷いてみせる。

「死体が発見されたのが随分あとになってからなんで、いつ殺されたのかはわからないんですが」

「そんなことがあり得るのか？　狙撃手は何人だったんだ？」

「それもわからないそうで……」

射撃の腕は勿論のこと、ボディガードに採用された者は皆、それなりに訓練を積んだ男ばかりのはずだった。そんな彼らが、仲間に危機を伝える間もなく易々《やすやす》と殺されるとは、どうにも信じられないと眉《まゆ》を顰《ひそ》める高沢に、渡辺は自分が悪いわけでもないのに「すみません」

と申し訳なさそうに頭を下げた。

「……おそらく、ボディガード二名を襲うのに二名、もしくは二名ずつで四名、狙撃手が一名……というところだったんだろうが……」

高沢が考えながらそう呟くのを、渡辺は大人しく聞いていたが、

「大がかりな割には結果はお粗末だとは思わないか？」

という高沢の問いには、答えようがなかったのか「あの、よくわからないのですが」と更に申し訳なさそうな顔になった。

「ボディガードを殺してから狙撃する今回のやり口は、それなりに調査し計画を立てなければ実行できないものだと思う。少なくとも昨日今日思いつき、ぱっと行動に移せるものではないだろう？」

自分の考えをまとめるためもあり、高沢は子犬のような目で自分を見つめながら、うんうんと一生懸命相槌《あいづち》を打つ渡辺に説明を続けた。

「それだけ入念な計画を立てていた彼らが、組長の前後左右を囲んでいるボディガードの存在を放置したまま実行に移すというのは不自然だと思わないか？　彼らが防弾チョッキを着用していることくらいは当然調査済みのはずだ」

「確かにそうですね……」

なるほど、と渡辺が納得して頷く。

「ボディガードを二人も殺したにもかかわらず、肝心の組長を狙撃することに関してはやけに諦《あきら》めがいい。退却もあっさりしすぎている」

「……変ですね」

「変だよ」

大真面目な顔で相槌を打つ渡辺に、高沢も頷き返す。

「準備不足だったとか？」

渡辺が彼なりに頭を絞り、導き出した答えを、高沢は「いや」と首を振って否定した。

「わざと、かもしれない」

「わざと？」

渡辺と話しているうちに、高沢の頭にはひとつの結論が生まれていた。おそらく間違えてはいないだろうという確信もある。

既に彼は刑事ではない。が、現職時代は洞察力に富み、加えて『刑事の勘』にも富んでいた彼の犯人検挙率はかなりのものだった。

「多分、これは菱沼組に――櫻内組長に対するパフォーマンスだろう」

「パフォーマンス？」

先ほどから高沢の言葉を鸚鵡《おうむ》返《がえ》しにしてばかりいる自分に気づいたのか、渡辺は一瞬バツの悪そうな顔になったが、すぐに「それはどういうことですか」と勢い込んで高沢に尋ねてきた。

「その気になれば組長暗殺などお手のものだということを示したかった――今回組長を狙ったのは命を奪う目的ではなく、自分たちの力を誇示してみせた、それだけに過ぎないことを悟らせたかったんだろう」

「ボディガードを二人も殺してですか」

たかがパフォーマンスのために、と渡辺が首を傾《かし》げる。

「だからこそ『パフォーマンス』になる。ボディガードなどおいても無駄だという意味と、それこそたかがパフォーマンスのために人、一人二人殺すことなど造作ないという意味と」

「そんな……」

信じがたい、という顔をしている渡辺も、続く高沢の言葉には、あ、と小さく声を上げた。

「大阪を思い出すといい。彼らはあっという間に二人の若頭補佐を射殺した。人を殺すことなど彼らにとってはそう意味のある行為ではないのだろう」

日本のヤクザ同士の抗争とは次元が違う、と言う高沢に、

「そうですね」

頷いた渡辺の顔は青ざめていた。

「櫻内組長がなかなか動かないので焦《じ》れてきたんだろう」

言いながら高沢は、櫻内は彼らの挑発に乗るのだろうかと考えていた。いよいよ櫻内は動

くのか。だが今動けば趙の思うツボとなろう。とはいえ動かねば身の安全の保証はできない。手練《てだ》れのボディガードをいとも簡単に消し去る趙の配下の者が、そのうちに櫻内の寝首をかきに来るやも知れない。

攻撃は最大の防御となる。櫻内ならこちらから仕掛けるかもしれないな、と高沢が一人頷いたとき、ジーンズの尻ポケットに入れた携帯が着信に震えた。

高沢の携帯に連絡を入れてくるのは、ごく限られた組員のみである。明日の勤務について、変更か何かかと高沢は渡辺に「ちょっと」と言い置き携帯を取り出した。

「……?」

見覚えのない番号がディスプレイに表示されているのに、一体誰だと思いながら高沢は応対に出た。

「はい」

『タカザワか?』

電話の向こうから響いてきた女の声は、高沢には聞き覚えがあった。だが、まさか、という思いから言葉を失っていた彼の耳に、頭に描いたとおりの人物が名前を告げる。

『ワタシは琳君《リンジュン》。ワタシの声を忘れたか。ワタシはお前を忘れたことがなかったというのに』

「……………」

なぜ彼女が——否、彼が自分の携帯番号を知っているのかという疑問は、高沢の頭に浮かぶことはなかった。趙の力をもってすれば高沢の携帯番号くらい調べられぬことはないだろう。それを証拠に彼の手先と成り下がった西村《にしむら》も、かつて番号を変える前の高沢の携帯電話にかけてきた。事象としては驚くべきことではないのだが、琳君が電話をかけてきた動機がまるでわからない。

菱沼組と趙が一触即発、まさにぶつからんとしているこのタイミングで、一体琳君が自分になんの用があるというのだ——高沢の電話を握る手が緊張で強張《こわば》る。

『聞こえているのだろう？　返事くらいしたらどうだ？』

電話の向こうで琳君が、やや苛立った声を出す。このまま暫《しばら》く喋らせてみるか、と唇を引き結んだ高沢の前では、渡辺が何事かという表情で息を詰め、高沢の顔を見守っていた。

『日本人は礼節にうるさいと、セイギは言っていたが、お前は違うらしい』

何も答えぬ高沢を、挑発して喋らせようとする琳君の意図は外れた。が、彼の言葉の中に現れた『セイギ』という名は確かに、高沢を動揺させていた。

セイギというのは、西村の名前『正義《まさよし》』の音読みであり、琳君は彼をこの名で呼んでいた。まだ西村は琳君と行動を共にしているのか——趙の手先のままなのか、ということは想像できないではなかったが、頭のどこかで高沢は、西村が彼らとは手を切っていてほしいと願っていたらしい。

自分の感情に『らしい』もないものだ、と高沢は自らに呆れたあと、琳君もまた電話の向こうで黙り込んでしまったせいもあり、そろそろ用件を聞いてみるかと口を開いた。

「何か用か」

『セイギが会いたいと言っている。いろいろと話がしたいのだと』

「…………」

琳君の『用』に高沢の胸は、どきりと変に脈打った。

罠《わな》だ——しかも、同じ『罠』をかつて西村は自分に張っている。それを逆手に取られ櫻内に捕らえられたという過去があるにもかかわらず、同じ罠をしかけてくるとは、と驚く高沢の心を読んだかのように、琳君は言葉を続けた。

『今度こそ一人で来いと言っている。サクラウチを助ける方法を教えてやると』

「……直接西村と話がしたい。連絡先を教えてくれ」

琳君の言葉は、この呼び出しが罠以外の何ものでもないということを示していた。趙の弟である彼が、櫻内組長の救済方法を教えるという西村の言葉を、高沢に伝えるわけがない。

『ワタシでは話ができないと言うのか』

琳君がむっとした声を出す。

「ありていに言えばそうだ」

高沢はもともと口下手で、婉曲《えんきょく》な表現は苦手だった。今回も返事がストレートすぎたせ

いか、琳君は更にむっとしたように黙ったあと、

『また連絡する』

それだけ言い、電話を切ってしまった。

「どうしたんです？」

高沢の様子をじっと窺《うかが》っていた渡辺が、電話を切った彼に勢い込んで尋ねてくる。

「琳君から連絡があった。すぐ組長に報告したいんだが」

「わかりました」

途端にはっとした顔になった渡辺が慌ててその場を駆け出してゆく。その様子を見送りながら高沢は携帯を開き、通話記録から琳君の番号を呼びだそうとしたが、やめておくか、と再び電話を閉じた。

どう考えても罠以外の何ものでもないことがわかっているのに、後追いするのは危険だと思ったからである。

琳君の狙いは一体なんだったのか。西村を餌《えさ》に自分を呼び出し、人質にでも取るつもりだったのか。しかし前回失敗したのと同じ手を、しかも両組織が一触即発になっているこの状況でまた使おうと、普通考えるだろうか。

わからないな、と高沢は首を傾げたが、自分の手が何気なく再び携帯を開いていることに気づいてぱたりとそれを閉じると、櫻内からの指示を待とうと自室へと戻った。

それから十五分後、高沢は櫻内に呼び出され、渡辺と共に新宿の組事務所へと向かう車の中にいた。

かかってきた電話番号は既に連絡済みであったし、海外からか、はたまた国内からかけてきたのかと問われても『わからない』としか答えようがない。そのことは渡辺経由で櫻内には伝えてあるというのに、組事務所まで来いとはどういうことか、と高沢は内心首を傾げていた。

高沢が組事務所を訪れることは、ほぼ百パーセントないといっていい。外注のボディガードは『外注』であるがゆえ、事務所への出入りを禁じられていた。

そもそもなぜ拳銃保持のボディガードが外注かというと、暴対法が施行されてからは組員が拳銃を保持していたことが知れれば、その組の組長までもが銃刀法違反で逮捕されるためである。

高沢もまた、組事務所を訪れたことは一度くらいしかなかった。それなのにこの呼び出しである。彼が不審に思っても不思議はなかった。

一体櫻内は組事務所で何をしようとしているのか——事務所の最上階の部屋に連れて行か

れたときに高沢は身を以《もっ》てその答えを知ることとなった。

「失礼します」

ロの字形にテーブルが並べられたその部屋は、企業の役員用会議室のような様相を呈していた。渡辺の先導で部屋に入った高沢は、その場の異様な雰囲気に眉を顰めた。

「来たか」

彼を待っていたのは、そう微笑みかけてきた櫻内だけではなかった。高沢が部屋に足を踏み入れた途端、櫻内と共に部屋にいた三名の若頭補佐が、一斉に彼に厳しい視線を向けてきたのである。

「外で待て」

渡辺に向かい短くそう言い捨てたのは、若頭補佐の中でも一番若頭に近いポジションにいると言われている寺山《てらやま》だった。もと刑事である高沢に対し、あからさまな敵意を向けてくる男である。

「失礼します」

渡辺が慌てて部屋を飛び出していったあと、室内に一人残された高沢は、座ってよしという許しがないため、所在なくその場に佇《たたず》んでいた。

「琳君から連絡があったというのは本当か」

寺山の厳しい声が飛ぶ。

「ああ」

「琳君は何を言ってきた？」

頷いた高沢に問いを重ねる寺山は、高沢を座らせる気がないようだった。他の若頭補佐も、
そして櫻内も口を挟まず、寺山の問いに答える高沢へと視線を向けている。

「西村が会いたがっているという呼び出しだった」

「そもそも奴はどうしてお前の携帯番号を知っている？」

「知らない」

「教えたのではないのか」

「それはない」

あるわけがない、と半ば呆れながら高沢は寺山を見やった。だいたいこれは尋問なのかと
問おうとして口を開きかけた彼に、寺山の新たな質問が飛ぶ。

「琳君はどこにお前を呼び出そうとした？」

「西村と直接話がしたいと言ったら電話を切られた」

「直接話がしたいだと？」

寺山の目がぎろりと光る。

「直接何を話す気だったんだ」

ますます語気荒く問い詰めてきた寺山に、

「別に『何』と具体的なことがあったわけじゃない」

答えながらも高沢は、この尋問はいつまで続くのだと、ちらと櫻内を見やった。

「それならなぜ直接話したいなどと言ったんだ」

「琳君よりは話が通じるのではないかと思った、それだけだ」

「もと同僚だからか？　西村とは未だに連絡を取り合っていたと？」

「そんなこと……」

あるわけがないだろう、とさすがに高沢も呆れて言い捨てようとしたそのとき、

「もういい」

櫻内の凜《りん》とした美声が室内に響き渡った。

「組長、しかしここははっきりさせませんと」

櫻内の制止に、寺山が今度は彼に食ってかかる。

「はっきりも何も、今以上のことは彼からは聞き出せないだろう」

「わからないではないですか。だいたいなぜ彼のところに趙の弟、琳君から連絡が入るのです？」

「それは先方に聞くことで、彼に聞いてわかることではない」

「そうはおっしゃいますが、実際のところはわからないではないですか」

「寺山」

次第に声高《こわだか》になっていた寺山も、櫻内がやや声を荒立てたのに、はっとなり口を閉ざした。

「失礼しました」

年齢は寺山の方が上とはいえ、力関係はどちらが上かなどということはわかりきっている。それでも不満たらたらといった顔で頭を下げた寺山も、続く櫻内の問いにはびくっとそのいかつい肩を震わせた。

「何か言いたいことがありそうだな」

「…………」

頭を下げた姿勢のまま、寺山はじっと動かずにいたが、やがてゆっくりと顔を上げ櫻内へと視線を向けた。

「何が言いたい？」

「……組長のご不興を買うに違いないとは思うのですが」

寺山は一瞬躊躇を見せたが、やがて心を決めたのか、恐れながら、と櫻内に頭を下げ、目を伏せたまま言葉を続けた。

「趙の弟から連絡が入ること自体が問題ではないかと思うのです。その弟と行動を共にしていると思《おぼ》しき西村は彼のもと同僚です。二人が通じていないという保証はないかと……」

「高沢を疑っているというのか」

櫻内が問いを挟む。淡々とした物言いであったが、彼が不快に感じていることはその端整な眉が顰められている様が物語っていた。

「……はっきり申し上げればそうです」

寺山がまた暫《しば》し逡《しゅんじゅん》巡したあと、櫻内を見つめ低くそう告げた。

「…………」

櫻内の眉間《みけん》の皺《しわ》が一段と深く刻まれたが、彼が口を開く気配はない。沈黙と共に緊迫した空気が室内に流れる中、問題が自分のことであるだけに居心地の悪さを感じていた高沢は、ここは身の潔白を主張すべきか否かを迷っていた。

『通じている』ということを証明することよりも『通じていない』ことを証明するほうが倍難しい。いくら「知らない」と突っぱねたところで『嘘だ』と否定されればそこで話が終わってしまう。『やった』ことの証拠は出るが、『やってない』証拠を出すのはなかなかに難しいということがわかるだけに、身の潔白をどうやって証明すべきかと考えていた高沢の前で、沈黙が苦痛になったのかようやく寺山が口を開いた。

「これから組が一丸となって趙を迎え撃とうとしている今、その趙と通じている疑いがある者が組内に——何より組長の傍《そば》にいるというのは、問題であると思われます。疑いがあることを知りながら組長が彼を傍に置いているならば、組員たちの士気も下がりましょう。今現在、もと刑事のボディガードが組長宅に……」

寺山は『囲われている』と言おうとしたらしいが、さすがに櫻内に面と向かってはそう表現できなかったようで、言葉を選び話を続けた。

「専用の客室を与えられ居住しているということに関して、組員たちがいい感情を抱いているとはいえません。その彼が実際趙と通じている疑いがあると知れたら、組員たちの不満も高まるでしょう。組が一丸となることが必要な今、それはかなり問題かと……」

「寺山、それはお前一人の意見か。それともこの場にいる皆が同じ考えなのか」

櫻内の声はどこまでも冷静だった。いつの間にか彼の眉間からも縦皺が綺麗に消えている。だが逆に彼の身体から立ち上っていた怒りのオーラはより強く感じられるようになり、その場にいた高沢以外の男たちがごくりと唾《つば》を飲む音が室内に響き渡った。

「……皆、同じ意見です」

寺山の額には薄く汗が浮いていた。他の若頭補佐たちが彼の言葉に、びく、と肩を震わせる。

「そうか」

櫻内が頷き、右手を口元へと持っていくと、形のいい唇を指先で数度擦った。またも沈黙のときが室内に溢《あふ》れ、カチカチという壁掛け時計の秒針の音だけが響き渡る。

櫻内が自分を庇《かば》うか否かということは別にして、高沢は今の櫻内の反応に戸惑いを覚えていた。櫻内は決して独善的な男ではないが、組織を——しかも関東一を誇る巨大な組織を治めるにはある程度絶対者となる必要がある。

人の意見を聞くことは勿論重要ではあるのだが、聞き入れてばかりいては逆に長としてのカリスマ性を失う。櫻内はこのあたりのバランスの取り方が絶妙であり、これまで若頭補佐の意見をまったく聞かないということはなかったが、こうして事前に皆が意見をとりまとめるようなことは決して許さなかった。

一人一人の意見なら聞く。だが、若頭補佐皆がこの考えだと示されることはすなわち、ナンバー2たちがトップを動かそうとすることと同義となる。あくまでもナンバー1は自分であるという考えを貫かなければ、それこそ組が一丸となるのに支障が出ると櫻内は考えている節があった。

それゆえ彼はこれまで純然たる『絶対者』として君臨していた。こうした公の場で己のやり方を糾弾されようものなら、烈火のごとく怒るか、冷たくその意見を退けるのではないかと思っていたにもかかわらず、今、彼は一人何かを考え込んでいる。

意外だ——自分のことが取り沙汰されているというのに、まるで人ごとのように感じるのはいかにも高沢らしいのだが、今彼の最大の関心事は自分の進退より、思いもかけない櫻内の変化の方にあった。

「それでお前たちは俺に何を要求すると言うんだ？」

ようやく櫻内が口を開いたのは、それから五分ほど経ったあとだった。相変わらず彼の声は静かで、表情も穏やかではあるが、室内の緊張はこれでもかというほどに高まっていた。

「…………」

寺山の額には今やびっしりと汗が浮き、その汗が天井の灯《あか》りを受けて光っていた。一旦口を開きかけた顔は酷く赤く、彼の緊張と興奮を物語っている。

何を言おうとしているのか、寺山は再び言葉を選ぶように口を閉ざし、上唇を舐《な》めた。他の若頭補佐は俯《うつむ》いたまま何も発言しようとしない。彼らの顔は寺山と対照的に真っ青で、中にはがたがたと身体を震わせている者もいた。

彼らの要求というのは余程のことなのだろうと、その様子を見ていた高沢はやはり人ごとのようにそんな感想を抱いていたのだが、ようやく思い切りがついたのか寺山が顔を上げ、キッと櫻内を見据えて口にした言葉は、さすがの高沢をしてももう『人ごと』とは思えない、それこそ彼にとって『余程のこと』であった。

「高沢をボディガードから外してください。彼の解雇を我々は要求します。理由は申し上げるまでもなく、敵と通じているかもしれない者に銃を持たせているのは危険だと組員全員が思っているためです。他のボディガードからも彼とはチームを組みたくないという意見が出ています」

「…………」

解雇か——まさか一足飛びにそこまでの要求がなされるとは、高沢自身思っていなかった。無意識ではあるのだが、櫻内が自分に対してのみ寵愛を注いでいるという事実を高沢はどこ

かで自覚しており、その自分を解雇せよという要求を櫻内に突きつけはしないのではないかと予測していた。

櫻内はどう答えるのだろうか、と高沢が視線を向けた先では、相変わらず無表情の彼が唇に指先を当てていた。どう答えようかと逡巡しているというよりは、会話自体を放棄しているかのように見える櫻内に、寺山が身を乗り出し再び口を開く。

「もしも解雇しないというのなら、彼の射撃の腕を活《い》かし趙の射殺を命じてください。彼が趙を仕留めることができましたら、組員たちも彼が潔白であると納得するでしょう」

額の汗をハンカチで拭《ぬぐ》いながら、寺山が思い詰めた顔でそう告げる。

要は自分に鉄砲玉になれと言っているのか、と高沢は半ば唖然《あぜん》としながら、拭っても尚《なお》、汗の噴き出している寺山の光る額を見つめていた。

鉄砲玉――言い方は悪いが、組にとっては捨て駒である。成功すればそのまま自首させられ刑務所に、失敗すれば命はまずないと思っていいだろう。組は一旦鉄砲玉として送り出した組員を保護しない。鉄砲玉には、成功するまで、もしくは命を失うまで戻るべき場所はないのである。

射撃の腕はおそらく菱沼組の中でも、高沢はトップであろう。だがいくら射撃が得意だからといって、そう簡単に趙の命を奪えるとは限らない。限らないどころか、失敗する可能性は著しく高いと、高沢は自分が鉄砲玉になったあとのことを予測し、彼にしては珍しく天を仰ぎたい気持ちになった。

組が総出でスナイパーである高沢を支援してくれるのであれば、まだ可能性はゼロではなかった。趙の居場所を突き止め、彼を狙撃するのに相応《ふさわ》しい環境を整えてくれるのであれば、確実に趙を仕留める自信はある。

だが今回の『鉄砲玉』への指名は高沢にとっては、趙と通じていないことを示す踏み絵のようなものだった。組の後押しは期待できない上に、今は後押ししたくてもできない状況でもある。

趙の出方を窺っている時期でもあり、かつ趙は今、香港にいる。趙を日本に呼び出しでもすれば手助けは可能だろうが、そうなるとこの一触即発の現況が悪い方に転ばないという保証はない。

敵地である香港では、趙に辿《たど》り着くことすら困難だろう。それがわかって尚、鉄砲玉に指名されれば、命を落とせと言われているようなものだった。

失って惜しいような命ではないが、身の潔白を証明するのに無駄死にをするのはつまらない。鉄砲玉になったとして、いかにして趙に近づくか——もともと物事にあまり動揺することのない高沢であるため、突然の鉄砲玉への指名に衝撃は受けたものの立ち直りは早かった。自暴自棄になるでもなく解決策を考えるあたり、意外に前向きな性格をしている彼が、早くも香港での動き方に考えを巡らせていたそのとき、

「わかった」

低いが凛とした櫻内の声が室内に響き、一人の思考に嵌《はま》っていた高沢の意識を覚ました。

「ご決断いただけたのでしょうか」

寺山が、そして他の若頭補佐たちが身を乗り出し、櫻内を見つめる。

櫻内の顔には相変わらず表情がなかった。唇に当てられていた指先がゆっくりと下ろされ、テーブルの上で両手を組むしなやかな動作が、その場にいた者たちの目を更に釘付《くぎづ》けにする。見惚《みと》れるほどの優雅な仕草に高沢も目を奪われていた。容姿の美しさも群を抜いていたが、櫻内ほど所作が優美な男もそういない。暴力を振るうときでも多分彼の動作は優雅で美しく人の目に映るのだろう——この緊迫した状況下に考えることではなかったが、逆に緊迫しているがゆえに、現実逃避するようなことへと思考が向いてしまっていたのかもしれない。生命への執着は薄いと思っていたが、自分も人並みに死ぬことを恐れているとみえる、と高沢が自嘲《じちょう》したそのとき、再び櫻内の口が開いた。

「決めた。香港へ行く」

「は？」

きっぱりと言い切った櫻内の言葉の意味を計りかね、寺山が戸惑った声を上げる。他の若頭補佐たちも皆、どうしたのだと顔を見合わせる中、櫻内の一際《ひときわ》凛とした声が室内に響き渡った。

「俺が香港に出向き、趙と話をつけると言ったんだ」

「なんですって？」

寺山が、そして若頭補佐たちが驚きの声を上げる中、高沢もまた驚愕《きょうがく》のあまり櫻内の白皙《はくせき》の美貌を見つめてしまった。

だが、いつもであれば彼の視線に必ず応《こた》えてくれる櫻内の眼差《まなざ》しは決して高沢に注がれることはなく、高沢はえもいわれぬ不安に苛《さいな》まれながら、悠然と微笑んでいる櫻内の顔を尚もじっと見つめ続けた。

3

　櫻内が香港に出向くと宣言したあと、高沢はその櫻内より家に帰るよう命じられた。

　櫻内自身はこれから若頭補佐たちと香港行きの計画を詰めると言い、今夜の帰宅は遅くなると、高沢が部屋を出るときに告げたのだが、相変わらず彼の眼差しは高沢に注がれることはなかった。

　行きと同じように渡辺に付き添われて帰宅したあと、自室で高沢は一体何がどうなっているのかと一人首を傾げていた。

　櫻内が香港に出向くと言い出したのはなぜなのか。自分の解雇や鉄砲玉への指名と関係があるのではないかと思わないでもないが、あまりに自意識過剰な気もする。今が攻撃のしどきだと見越したのだろうか。だがこれまで趙の攻撃に、我慢に我慢を重ねてきた彼にしては、決断が急だったように思う——あれこれと考えるものの結論が出るわけもなく、高沢は大きく溜め息をつくと倦怠《けんたい》の残る身体をベッドに横たえ天井を見上げた。

　本当は今、自分が何を一番追求したいのか——敢えてそれを考えまいとしている自身の心から、次第に目を逸《そ》らしきれなくなってきたがゆえの動作だったのだが、天井を見ようが目を閉じようが、彼の脳裏に浮かんでいたのは、櫻内の悠然と微笑む顔だった。

なぜ櫻内は自分を見ようとしなかったのか。なぜ彼は自分の身の潔白については何も言おうとしなかったのか。

高沢に対し『どうなのだ』と問うてくることもなかったのは、疑いそのものを取るに足らないと思ったせいか、はたまた他に理由があるのか。

いいように考えれば、どうせ聞いたところで高沢は『やっていない』としか答えようがなく、それを寺山を始めとする若頭補佐が信用しないことがわかっていたから——であろうが、それにしても寺山たちを前に自分の考えを述べることくらいはできたはずである。

櫻内自身の考えはどうだったのだろうか、と高沢はぼんやりとそんなことを思いながらじっと天井を見上げていた。

まさかと思うが、櫻内も自分を疑っているのかもしれない——だからこそ彼は、敢えて自分の身の潔白について言及しなかったのか、という考えが浮かんだとき、思わず高沢はがばっと身体を起こしてしまい、そんな自分に驚き意味もなく周囲を見回した。

どきどきと胸の鼓動が変に高鳴っている。嫌な感じの汗が腋《わき》の下を流れるのに不快感を覚えながらも高沢は、自分の気持ちを量りかねていた。

なぜこうも落ち着かないのか——理由は一つ、櫻内の信頼を得られていないかもしれないという疑いを抱いているために違いないのだが、そのことがこうも己に衝撃を与えている現実に、高沢は倍、衝撃を覚えた。

櫻内との間に確固たる信頼関係が結ばれていたとでも、自分は思っていたのだろうかと高沢は考え――答えを見つけるどころか、櫻内との関係自体に『答え』を見いだせないことに気づき、また愕然とする。

自分と櫻内の関係は一体どういうものなのか。世間的には『愛人関係』にあるとされているが、実際櫻内は自分をどう思い、自分は櫻内をどうとらえているのか、改めて考えようとしても、簡単に『これ』という答えを高沢は見つけることができなかった。

毎夜の濃すぎるほど濃い行為を考えると、確かに櫻内との間には『愛人関係』が成立していると言えよう。櫻内からは自分を激しく求める気持ちが伝わってくるのだが、その気持ちをなんと表現したらいいのかが、高沢には今ひとつ理解できないのだった。

自分もまた、行為に悲鳴を上げながらもこうして彼の傍にいるのは、自分自身が櫻内を求めているからに他ならないと思うのだが、その気持ちもまた、何と名付けることができない。

もしやそれは世間で言うところの『愛』というものなのではないかと思わないでもないのだが、そもそも高沢にはその『愛』という情感が未だ理解できていないのだった。

愛か――口にするのも気恥ずかしい思いがするその情感を、櫻内は果たして自分に抱いているのか。そして自分は櫻内に対し『愛』を感じているのか。

ベッドに座り込んだまま、いつしかそんなことを考えていた高沢は、室内に響き渡ったノックの音にはっと我に返った。

「はい」

何が『愛』だと己の思考に羞恥と狼狽《ろうばい》を覚えつつ、高沢がノックに答えると、バタンと勢いよく音を立ててドアが開き、馴染みのある巨体が長身の男を引き摺《ず》るようにして飛び込んできた。

「聞いたぜ。おい、一体どうしたんだよ」

息を切らせ、問いかけてきたのは早乙女だった。早乙女に引き摺られているのは高沢を組事務所まで送り迎えした渡辺である。

「……わからん」

早乙女の来訪は高沢をそう驚かせるものではなかった。来るかもしれないと予測こそしていなかったが、一連のことを聞きつけたあとに彼が自分の許を訪れるのになんら不思議はないという理解が高沢にあったからである。

「わからん、じゃねえだろ？」

早乙女があからさまにむっとした顔になったあと、引き摺ってきた渡辺をじろりと睨んだ。

「すみません」

渡辺の顔に殴られた痕《あと》があることに気づき、高沢は「どうした」と二人をかわるがわるに見ながら事情の説明を求めた。

「いや、俺が悪いんです」

慌てた様子で渡辺が激しく首を横に振る。

「琳君の野郎から電話があったって、こいつが寺山に密告《ちく》ったんだろ？」

早乙女が渡辺をじろりと睨み、彼の頭を小突《こづ》いたのに、渡辺は更に小さくなり「すみません」と重ねて詫《わ》びた。

「違う。俺が知らせろと頼んだんだ」

何をどう勘違いしたのかと呆れた声を上げた高沢へと、早乙女の視線が向けられる。

「それにしたって、言い方ってモンがあるじゃねえか。なんであんたが趙の手先だって疑われなきゃならねえんだよ」

「どんな言い方をしようが、疑われただろう。組内で俺への不満が募《つの》っていたそうだから」

食ってかかってきた早乙女も、高沢が冷静にそう返したのには、うっと言葉に詰まった。

「そりゃあ、まったく不満がなかったとは言わねえけどよ」

別に皆がそうだというわけではない、とぼそぼそと続ける早乙女の横では、渡辺が神妙な顔をして項垂《うなだ》れている。

「無理しなくてもいい。ヤクザと警察は敵同士だからな。それに……」

自分が『愛人』であることもまた、皆の不満となっていたのだろうと思ったが、言葉にするのは高沢とても憚《はばか》られ、語尾を濁したのに、

「そんなことは今はどうでもいいんだよ」

早乙女は強引に話を打ち切ると、意味もなく傍らの渡辺の頭をパシっと殴った。

「よせよ。人に当たるのは」

「なんだよ、えらい渡辺を気に入ってるじゃねえか」

早乙女の目に凶暴な光が宿り、またも彼の手が渡辺の頭を叩く。

「よせ。一体どうした」

放っておけば更に殴るだろうと高沢が手を伸ばして早乙女の腕を摑むと、

「うるせえな。放せよ」

途端に早乙女は赤い顔になり、強引に高沢の手を振り解《ほど》いた。

「どうした」

「別に、どうもしねえよ」

口を尖《とが》らせ、ふいと横を向く早乙女の横では、渡辺がバツの悪そうな顔で佇んでいる。

「ここはもういい。持ち場に戻ったらどうだ？」

早乙女の様子から、彼の不機嫌の理由を察した高沢は、渡辺を部屋から出そうとしてそう言い、頷いてみせた。

「はい、あの……」

渡辺はどうしようというように逡巡していたが、早乙女が何も言わないのを了承と見たよ

うで、

「それでは、失礼します」

丁寧に頭を下げ、駆け足で部屋を出ていった。

「随分奴を庇うじゃねえかよ」

バタンとドアが閉まる音と、早乙女の不機嫌な呟きが重なる。

「彼がいない方がお前が喋り易いと思ったんだが」

「余計なお世話だ」

高沢の言葉に、早乙女は吐き捨てるようにそう言うと、勝手知ったるとばかりに冷蔵庫まで歩いていき、中から出したビール二缶を手に戻ってきた。

「座ろうぜ」

「……ああ」

応接セットにどっかと腰掛けた彼の前に、高沢も腰を下ろす。

「ほらよ」

「どうも」

一缶のビールを差し出されたのを手にとると、早乙女は自分の分のプルトップを上げ、ごくごくと飲み始めた。

一気に一缶飲みきり、ぷはーと息を吐いたあと、早乙女はソファから立ち上がり再び冷蔵庫へと向かってゆく。

「別にお前が責任を感じることじゃないと俺は思うが」

早乙女が二缶目のビールのプルトップを上げたとき、高沢はぼそりとそう告げたのだが、彼の言葉に早乙女の動きはぴたりと止まった。

「何言ってやがんだよ」

ビールの缶をテーブルに下ろし、早乙女がじろりと高沢を睨む。

「だから、今日の襲撃を防げなかったことは、お前の責任ではないと言っているんだ」

「誰もそんなこと、思ってねえよ」

高沢の読みは当たったらしく、早乙女は吐き捨てるようにそう言ったあと、再び缶ビールを手にとり一気に呷《あお》った。

実際早乙女は責任を感じているというよりは、自分が櫻内を守れなかったことをもどかしく思っているのだろう――実は高沢はそこまで読んでいたのだが、それを言うと早乙女は手がつけられなくなるほど暴れるに違いないと思い、敢えて口にしなかったのだった。

恋愛感情にはまったく通じていない高沢ではあるが、人の心の機微が読めぬわけではない。早乙女のような単細胞の感情は彼もさすがに察することができた。

やり場のない憤りを覚えていたところ、自分の窮状を知り、心配もあって駆けつけてくれたのだろう。子分にしている渡辺に当たり散らすところは頂けないが、彼の憤りもわかるし、自分への気遣いは嬉しくもある。それゆえ高沢は、せめて愚痴くらいは聞いてやろうと早乙女を一人部屋に残したのだが、早乙女もまた高沢のそんな心遣いを肌で感じたようで、ぐびぐびとビールを飲み干すとまた、ぷはーと息を吐き、三缶目のビールを求めて冷蔵庫へと向かっていった。

「しかし組長には驚いた。本当に香港に向かう気なんだろうか」

無言のまま三缶目を飲み干し、四缶目を飲み始めた頃、ようやく憤りもおさまってきたのか、早乙女が赤い顔で高沢に問いを発した。

「それは俺が聞きたいと思っていた。もう機は熟したと組長は思っているのか？」

「どうだろな。組長は秘密主義だからよ。俺にもよくわからねえが、体感的にはまだじゃねえかなあ」

早乙女は頭もそういいわけではなく、気も回らなかったが、こと櫻内に関してのみ、驚くほどの洞察力を見せた。それだけ組長に心酔しているということなのだろうと、高沢はその点だけは早乙女のことを買っていた。

その早乙女が『まだ』と言っている以上は、多分準備万端整った状態とは言えないのだろう。それなのになぜ今、香港に出向こうとしているのか――首を傾げた高沢の耳に、ぶすっとした早乙女の声が響く。

「それが明日にはもう、香港入りするってんだ。本当にどうしたことかと思っちまうよ」

「明日？」

そんなに急なのか、と目を見開いた高沢に、逆に早乙女が驚いてみせた。

「なんだよ、知らなかったのか？」

「ああ、日程までは知らなかった」

頷いた高沢に早乙女は「そうか」とどこか腑《ふ》に落ちない顔をして頷いた。

「なんだ？」

その表情が気になり、高沢が問い返したのに、早乙女は少し言いにくそうに口籠もったあと、ぼそぼそと彼の思うことを口にした。

「いや、組長はあんたを連れて行かない気なのかなと思ってよ」

自分にはもう、同行するよう指示が出たのだと言う早乙女の言葉に、高沢の胸はまた変にどきりと脈打ち、腋の下を冷たい汗が流れ落ちる。

「ボディガードが二人も撃たれているからよ、てっきり射撃班はそのまま連れて行くだろうと思っていたんだが……」

「……そうか」

早乙女の話に相槌を打つ高沢の頭には、もしや、という考えが渦巻いていた。

もしや櫻内は、自分を信頼しきっていないのかもしれない——だからこそ自分を香港行きから外し、日本に残すことにしたのかもしれない。

「組長の意向じゃねえかもしれねえよ。あの寺山が反対したんじゃねえの？」

早乙女はまた、高沢の心理に対しても敏感だった。黙り込んだ彼の頭の中を読んだようなフォローを彼が言ってきたのに高沢は驚き、思わず口を開けたままの顔を彼へと向けてしまった。

「な、なんだよ」

言葉もなく見つめられ、酔いに赤らんだ早乙女の顔がますます赤くなってゆく。

「いや、突然何を言い出したのかと思って」

「落ち込んでるようだから、慰めてやったんじゃねえか。それをなんだよ」

真っ赤な顔をした早乙女がぶっきらぼうに言い捨て、缶ビールを呷る。

「……そりゃどうも」

礼を言いながらも高沢は、早乙女の目には自分が落ち込んでいるように見えたのか、とそのことに新たな驚きを見出《みいだ》していた。

確かにこの感情は『落ち込んでいる』というものなのだろう。人に言われて自分の感情に気づくとは、と自らに呆れていた高沢の頭にふと、自分と櫻内の間に流れる『感情』がなんなのか、早乙女に聞いてみようかという考えが浮かぶ。

「…………」

浮かんだそばから、馬鹿馬鹿しい、と己の考えに思わず苦笑してしまった高沢の様子を訝《いぶか》り、早乙女が声をかけてきた。

「なんだよ、一人でにやにやして。気持ち悪いな」

「いや、なんでもない」

自分の馬鹿さ加減に笑ってしまった、と尚も苦笑する高沢を見て、早乙女は自分のことを笑われたと勘違いしたようだった。

「なんだよ、人がせっかく気を遣ってやってんのによ」

「わかってる。感謝してるよ」

実際高沢は言葉どおり、早乙女の気遣いを有り難く思っていたのだが、笑いながら言ったからかこの言葉もまた、早乙女の耳には素直に響かなかったらしかった。

「何が感謝してるだよ。まったくもうよう」

悪態をつき、ビールを呷る彼の顔は、なぜか真っ赤になっていた。何を赤くなっているのかと高沢が視線を注げば注ぐほど、早乙女の顔はゆでだこのようになってゆく。

「いいからあんたも飲めよ。俺一人に飲ませる気か？」

「飲みたいなら飲めばいいじゃないか」

鬼のような赤い顔のまま、早乙女は暫く飲め飲めと高沢に絡んだ挙げ句、缶ビールを一人で六缶ほど飲み干し、深夜近くまで高沢の部屋で騒いでいった。さすがに零時を回る頃には、明日の支度をしなければならないと我に返ったらしく、

「それじゃ、またな」

元気出せよ、とふらふらしながら部屋を出ていき、一人残された高沢は空き缶を片付けながら、やれやれ、と溜め息をついた。

シャワーを浴び、ベッドに入ったものの、高沢に睡魔はなかなか訪れなかった。櫻内が帰宅する際、外に車のエンジン音が響くのだが、今日はその気配も感じられない。

まさか家に戻らないまま、香港に旅立つというのだろうか――そう思ったとき高沢の胸には一瞬差し込むような痛みが走ったが、その痛みの原因から高沢は敢えて目を逸らせると、もう眠ってしまおうと無理やりに目を閉じ上掛けをかぶった。

櫻内に避けられているのかもしれない――考えまいと思っても、その疑いは高沢の胸の中で膨らみ、目を逸らしようがないほどに彼の前に立ち塞がる。

　櫻内と自分との関係は一体なんなのだろう。二人の間には確固たるものは何も存在していないのだろうか。

たとえば『愛』という情感とか――ふと頭に浮かんだ言葉に、高沢の胸にはまた差し込むような痛みが走った。

愛というのは一体なんなのだろう。自分がいかに青臭いことを心の中で呟いているかという自覚を持ちながらも、高沢は今まで考えたこともなかった『愛』という概念を頭に思い浮かべようとしたのだが、形のないその概念に対するイメージは少しも彼の前に現れなかった。

二人の間にもしもなんらかの心の繋《つな》がりがあるのなら、そしてそれが『愛』と呼べるものなのだとしたら、愛とはどういうものなのか。目に見える形のあるものであればこうも悩み考えないものを、と溜め息をつく高沢の脳裏に、櫻内の優雅な仕草が蘇る。

腕を組んだときの美しい動きと、自分の身体を愛撫する手の幻が高沢の頭の中で重なった。優雅に、そして猛々《たけだけ》しく己を求める櫻内の胸にはいかなる感情が溢れているのか——眠ろうとしたことなど忘れ、つらつらとそんなことを繰り返し考える高沢は、自分の変化に未だ気づいていない。

今まで彼は、人が胸の内にいかなる情感を秘めているか、慮《おもんぱか》ったことがなかった。すべてにおいて淡泊な彼にとって、人間関係はことに淡泊であり、他人の感情に対して彼が興味を抱くことはなかったのだ。

にもかかわらず高沢は今、櫻内の心情を模索し、眠れぬ夜を過ごしている。

それこそが『愛』の一つの形だと彼に教える者がいないことが、高沢にとっては不幸であるといえないこともなかった。

深夜三時を回る頃に高沢は庭を走る車のエンジン音を耳にし、浅い眠りから覚めた。櫻内に違いないと思ったにもかかわらず、高沢の寝室のドアが開くことはなかった。

寝起きのぼんやりした頭が次第に覚醒《かくせい》していくうちに、なぜか居ても立ってもいられなくなり、高沢はベッドから起き出すと服装を整え部屋の外に出た。

「どうされました」

外に出た途端声をかけてきたのは渡辺だった。高沢の部屋の前には常に護衛に若い衆が立つ。

高沢が櫻内の唯一無二の愛人であることが有名であるためと、実際高沢がかつて他団体に攫われたことがあるためなのだが、ボディガードである自分に護衛がつくことを高沢はできるものなら拒否したいと願っていた。

彼の願いは勤務中に限って受け入れられたが、生活空間である櫻内邸では昼夜を問わず護衛がつくことになった。自分の身くらい自分で守れると何度高沢が櫻内に申し入れても拒絶され、仕方がないという諦めの境地に至ってはいるものの、護衛の存在は高沢にとってはそう有り難いものではなかった。

「組長は帰宅したのか？」

普段の高沢であれば、そう有り難くない存在とはいえ、不機嫌な対応をすることはない。だが、今夜はなぜか彼の気は立っていて、そんなぶっきらぼうな物言いをしてしまったのだが、それに対する渡辺のリアクションはまるで要領を得ないものだった。

「え、ええ、そのようです」

「『そのようです』とはどういう意味だ。帰ったのか、帰ってないのか」

珍しくも語気を荒らげた高沢に、渡辺がびっくりしたように目を見開いた。

「あ、あの……？」

高沢は若い衆に対し、常に丁寧な態度を心がけている。組長の愛人の立場を笠《かさ》に着ているなどという、つまらない誤解を受けたくないための彼なりの気遣いの結果なのだが、渡辺に驚かれて高沢は改めてその気遣いを思い出した。

「……すまない。組長は帰っているのか、教えてもらえないか？」

一体何を自分は苛立っているのか、と自らの感情の変化に戸惑いながらも丁寧に言い直した高沢の前で、渡辺は今度は困ったとしかいいようのない顔になった。

「お帰りなんですが、そのまま就寝されるとのことでした」

「そうか……」

渡辺の言葉に高沢は衝撃を覚えていた。櫻内は帰宅すると必ず高沢を部屋に呼ぶ。その慣習は高沢がこの家に住むようになって破られたことはまずなかった。

高沢と共に眠りたいというのが櫻内の願いであり、あまりにも濃厚な行為が連夜続くと勘弁してほしいと思うこともあった。だが一切お呼びがかからなかったことに、これほどの衝撃を受けるとは思わなかった、と高沢はまたも自身の感情に戸惑いながらも、渡辺に向かって礼を言い、部屋に戻ろうとした。

「………」

ドアノブにかかった高沢の手がまた、だらりと下がる。

「あの、どうかされましたか」

渡辺が背中から声をかけてきたのに、

「なんでもない」

彼を振り返り、高沢は首を横に振ると、部屋には入らず廊下を階段へと向かって進み始めた。

「あの、高沢さん、どちらへ」

渡辺が慌てて高沢のあとを追ってくる。

「組長の部屋へ」

「ええ？」

高沢の答えに渡辺は驚きの声を上げたが、高沢自身、自分の行動に驚きを感じていた。呼ばれもしないのに部屋を訪れたことなど、今まで一度もなかった。それは呼ばれなかったことが一度もなかったゆえなのだが、指示のないまま部屋を訪れたら実際どうなるかということも考えずに行動している自分が一体何を考えているのか、自身のことだというのに高沢はまるで理解していなかった。

三階の突き当たりに櫻内の部屋はある。部屋の前には二名の若い衆が立っていたが、彼らもまた渡辺同様、高沢の姿を見ていちように驚いた顔になった。

「組長はいらっしゃいますか」

駆け足できたため、軽く息を乱しながら高沢が二人の若い衆に問いかける。

「はい、中にいらっしゃいますが……」

若い衆もまた敬語で答えはしたものの、どうしたものかと二人して顔を見合わせていた。

「失礼します」

高沢が声をかけ、ドアの前へと進む。警護の若い衆たちはそんな彼を制止すべきか否か迷っていたようで、高沢がドアをノックするのを背後から見守っていた。

『誰だ』

ドアの向こうから、決して機嫌がいいとはいえない櫻内の声が響いてくる。

「高沢です」

若い衆の手前、櫻内に対し丁重な受け答えをした高沢は、名乗ったあとドアの向こうのリアクションを求め、じっと黙り込んだ。

『入れ』

暫くの後、室内から櫻内の声が響いてきたのに、高沢は我知らずほっと安堵《あんど》の息を吐《つ》いた。頭のどこかで入室を拒否されると覚悟していたのかもしれない。そう思いながら高沢は「失礼します」と声をかけ、ドアを開いた。

「どうした」

声をかけてきた櫻内は、既に入浴を済ませたらしくバスローブ姿ではあったが、まだ寝ていた様子はなかった。

「いや……」

『どうした』と問われても、何か目的があったわけではなかったため、口籠もった高沢に向かい櫻内が真《ま》っ直《す》ぐに腕を伸ばしてくる。

「来い」

「………」

言いながら櫻内が着用していたバスローブの紐《ひも》を解き、そのままそれを脱いで床へと落とす。煌々《こうこう》と明るい灯《あか》りの下、相変わらずの見事な裸体に見惚れるあまり高沢の足が止まった。

「来い」

櫻内がそう言い、彼のほうから一歩高沢へと踏み出してくる。

「脱いだほうがいいのか?」

この部屋に来るために高沢はシャツとジーンズという普段着を身につけていた。相手が全裸であるから自分も脱ぐべきか、というのは、高沢にしては珍しい気の回しようで、櫻内は一瞬驚いたように目を見開いたあと、ぷっと吹き出した。

「どちらでもいい。脱がされたかったらそのまま来い」

「………」

どちらだろう、と首を傾げた高沢に、櫻内はまた吹き出すと、「いいから来い」と全裸のまま数歩歩いて高沢の腕を摑んだ。

「脱がしてやるよ」

「自分で脱ぐ」

「どっちなんだ」

あはは、と笑いながら櫻内は高沢の腕を強く引き、ベッドへと放り投げた。

「おい」

起き上がろうとしたところに覆い被さり、手早くシャツのボタンを外しにかかった櫻内に、高沢が声をかける。

「なんだ?」

「どうして……」

「ん?」

どうして、今夜は呼ばなかったのか——こうして行為をする気があるのなら、いつものように呼び出せばいいものを、と問おうとした高沢だったが、すぐ近いところから黒曜石のごとき美しい黒い瞳に見下ろされ、言葉を失ってしまった。

「何が『どうして』？」

くすりと笑いながら櫻内がまた、ボタンを外す手を動かし始める。

「……いや……」

改めて問うのは少々気恥ずかしくもあり、高沢は首を横に振ると自分でジーンズのボタンを外し、ファスナーを下ろした。

「脱がせてやるよ」

その手を櫻内が押さえて止めさせる。

「手間をはぶこうと思ったのに」

「脱がせるという、ときめきがあるだろう」

櫻内の軽口は相変わらずだったし、肌の上を滑る指先の動きもいつもと変わらぬものだったにもかかわらず、高沢はどこか違和感を覚えずにはいられないでいた。

いつもと変わらないわけがないのに、いつもと変わらない時が流れてゆく。それこそが違和感の正体だと気づいたときには彼は全裸に剝《む》かれ、両脚を大きく開かされていた。

「ん……っ」

櫻内が高沢の下肢に顔を埋め、萎《な》えた彼の雄を口へと含む。いつもながらの巧みな口淫《こういん》が始まるのに低く声を漏らし、身を捩った高沢の頭の中に、櫻内に聞かねばならないことがあるだろうという己の声が響いた。

「………待て……」

高沢の両手が櫻内の顔を上げさせようと彼の髪を摑む。

「…………」

高沢を口に含んだまま目を上げた櫻内と高沢の視線が合った。かちりと音がするほどぴったりと重なった眼差しの、煌《きら》めく瞳を見つめる高沢の胸がまた、どきりと変に脈打ち彼を慌てさせる。

天井の灯りを受け、きらきらと輝く櫻内の瞳の美しさも、前夜とまるで変わらないものであるにもかかわらず、高沢の胸がこうも妖《あや》しく騒ぐのは彼なりの勘が働いているからに違いなかった。

「どうした」

何も言わずにじっと己を見つめる高沢を訝り、櫻内が彼を口から離し問いを発する。

「……え……」

何が『どうした』なのかと問い返した高沢の上で、櫻内が身体をずり上げ、真っ直ぐに彼を見下ろしてきた。

「気もそぞろという感じだな」

憮然とした顔で告げた櫻内の瞳の中に己の顔が映っている。確かに気もそぞろな顔をしていると思いながら高沢は、聞くのは今しかないと心を決め口を開いた。

「……俺を信じているか？」

「………」

言った傍から高沢は、これでは言いたいことがまるで伝わらないだろうと気づき、言葉を足そうとした。

まずは明日の香港行きに自分を同行させない理由を聞くべきであった。

それ以前に、自分は琳君とは——趙とは通じていないということを、きっちりと説明しようとも思っていた。

早乙女から聞いた、香港に向かうにはまだ準備万端とはいえないという話の真偽も確かめたかった。そのすべてをすっ飛ばし『信じているか』などと聞いても、櫻内には意味が通じないに違いないのだ。

「……すまない。俺が聞きたいのは……」

「信じているさ」

補足説明をしようと口を開きかけた高沢の耳に、あまりにもあっさりとした櫻内の声が響いた。

「……え？」

あっさりしすぎていたがゆえ、やはり言いたいことが伝わっていないのではと問い返そうとした高沢に、櫻内がゆっくりと覆い被さってくる。

「まさかとは思うが、それを聞くために俺の部屋に来たと言い出すんじゃないだろうな」

不機嫌そうな顔で問いかけてきた櫻内の手が高沢の頰から首筋を滑り、胸の突起に辿り着く。

「……わからないが、多分……」

そうなんだろう、と高沢が答えようとしたとき、櫻内の指が痛いくらいの強さで高沢の乳首を抓《つね》り上げた。

「痛っ」

「そういう疑問を抱くということ自体、俺を信じていないと言っているようなものだと、気づいていないと言うつもりじゃないだろうな」

言いながら櫻内は今度は高沢の肩に顔を埋め、彼の肌に歯を立てた。

「……おい……っ」

容赦なく嚙まれ、痛みに顔を歪《ゆが》めた高沢を、櫻内が顔を上げじろりと睨み下ろす。

「何を信じなくてもいい。だが、俺の想いだけは疑うな」

「…………」

不機嫌そのものの口調でそう言ったあと、櫻内は高沢の返事を聞かぬままに彼の胸に顔を埋め、先ほど抓り上げた胸の突起を強く吸い上げた。

「……んっ……」

舌で、唇で、ときに軽く歯を立てて乳首を攻め立てながら、もう片方に指を這わせてくる。丹念な愛撫に高沢の息は乱れ、身体に熱が籠もり始める。

「あ……っ……」

熱を持った身体より、己の心が熱く滾《たぎ》っているのを、櫻内の身体の下で身を捩りながら高沢は一人感じていた。

『俺の想いだけは疑うな』――あれだけ己を苛んできた不安も嫌な予感も、櫻内のその言葉を耳にしたとき一瞬にして消え失《う》せた。代わりに胸に溢れてきたこの熱い想いの正体が、高沢の前にまさに今姿を現そうとしていた。

目に見えるものではないが、体感としてははっきり感じる、この熱い想いの正体こそが『愛』ではないか――正解か否かを確かめる術はないというのに、高沢は己が真実を探し当てたことをはっきりと自覚していた。

「あっ……はぁっ……あっ……」

心の熱さが身体の熱を煽《あお》り立て、櫻内の手が、唇が、舌が彼の肌を行き来するたびに、悩ましい声が唇から零れてゆく。

「あっ……あっ……あぁっ……あっ……」

まだ行為は始まったばかりだというのに高沢の雄は既に勃ちきり、櫻内の腹に先走りの液を擦りつけるほどになっていた。

「…………」

気づいた櫻内が、どうしたのだというように目を見開いたあと、その目を細めて微笑み、身体を起こす。

「や……っ」

膝《ひざ》をついた姿勢で、勢いよく己の雄を扱き上げると、あっという間に勃ち上がった立派なそれを櫻内は高沢に示してみせた。

「欲しいか」

「……ああ……」

黒光りする櫻内の雄の竿《さお》の部分には、ぼこぼことしたいくつもの隆起がある。いわゆる『真珠』といわれるものを中に収めるそれが生み出す快楽を予測し、高沢の喉が生唾を飲み込む音で鳴った。

「素直だな」

くすりと笑った櫻内が高沢の両脚を抱え上げ、露わにした後孔に、立派なその先端を擦りつける。

「や……っ」

入り口を擦られたのに、高沢のそこは期待に震え、彼の腰を捩らせた。

「色っぽいことだ」

揶揄《やゆ》するように笑った櫻内が、ずぶりと先端をねじ込んでくる。

「あぁっ……」

待ちわびた感触に高沢の後ろは激しく収縮し、早くも櫻内の雄を締め上げた。

「焦るな」

苦笑した櫻内の息も乱れている。彼もまた興奮しているのだと思うと高沢の興奮も煽られ、気づいたときには彼の両脚は櫻内の背へと回っていた。

「焦るなと言うのに」

櫻内が再び苦笑したのは、高沢が両脚で櫻内の腰を抱き寄せようとしたからだった。己の背に腕を回し、櫻内は高沢の両脚を外させると、再びそれを抱え上げ、一気に腰を進めてくる。

「あっ……あぁっ……あっ……あっあっ」

奥まで貫かれたそのあとに、激しい律動が始まった。二人の下肢がぶつかり合うのにパンパンと高い音が立つほどの力強い突き上げに、快楽の階段を一気に駆け上ることになった高沢の口から高い嬌声《きょうせい》が漏れてゆく。

「あっ……もうっ……もうっ……」

高く喘ぎながら高沢は両手両脚を櫻内の背に回し、抱き寄せようとした。気づいた櫻内が摑まる背を与えてやろうと身体を落とす。

「あぁっ……」

そうして深く奥を抉《えぐ》りながら、片脚を放した手で高沢の雄を櫻内が扱き上げたのに高沢は達し、白濁した液を二人の腹の間に飛ばした。

櫻内もまた達したようで、ずしりとした精液の重さを中に感じながら、高沢が彼の背に回した両手両脚にぐっと力を込める。

「まだしたいのか？」

ふふ、と笑った櫻内の声が耳元で響くのに、違う、と首を横に振る高沢の身体も、そして心も、未だ熱を孕《はら》んだままだった。

この熱こそが――『愛』という単語が高沢の頭に浮かぶ。

愛か――心で思うばかりでなく、高沢は小さく呟いてしまっていたらしい。

「何？」

問いかけてくる櫻内に、なんでもない、と首を横に振る彼の顔には、滅多に浮かぶことのない笑みが――櫻内を惹きつけてやまない笑みが浮かんでいた。

香港への旅立ちの前だというのに、櫻内はその夜も激しく高沢を求め、高沢もまた珍しく積極的に彼の求めに応じ、二人していつも以上に熱いときを過ごすこととなった。

熱烈にして濃厚な夜明け前のその行為が波乱の幕開けとも知らず、高沢はいつまでも冷めない熱を胸に抱えたまま、櫻内の胸の中で満ち足りた眠りについたのだった。

4

翌日、予定どおり櫻内は香港へと旅立った。名古屋国際空港から知人の専用機を使うとのことで、日が昇るとすぐ車で出発した。

同行者は高沢以外のボディガードの狙撃隊五名に、早乙女を始めとする身辺警護隊十名という大所帯で、武器類は櫻内とは旧知の仲であるという韓国マフィアのボスのつてで、戦争でも始められそうな量の弾薬や銃器類が既に香港に用意されているという。

韓国マフィアのボスから櫻内は、趙老大の居場所の情報も得ていた。中環《セントラル》地区の一等地、地上六十階建ての高層ビルを本拠地にしているらしい。魔の巣窟《そうくつ》といわれた九龍城《きゅうりゅうじょう》が取り壊されて久しいが、今時の香港マフィアはビジネスマンよろしくそのような日の当たる場所で活動しているのかと、高沢は興味深くその話を聞いた。

高沢も同行者から外されたが、若頭補佐の寺山もまた、同行を許されなかった。彼以外の若頭補佐も皆、日本居残りを命じられていた。

名目上は、留守を任せたということになっているのだが、実際のところは、櫻内が先日の幹部会議の席上で、若頭補佐が一丸となって高沢罷免を願い出たことを相当不快に思っており、それで香港への同道を許さなかったのではないか、という噂が組内で流れているらしかった。

高沢にその噂を伝えたのは、早乙女に不在中の高沢の世話を頼まれたという渡辺だった。頼みもしないのに早乙女は渡辺に、いつも自分がしているように組内や対立組織の情報を高沢の耳に入れるようにと命じて香港に旅立ったらしい。

早乙女自身はさすがに高沢に関する噂については、本人に伝えることはなかったのだが、渡辺にはそこまでの指導が行き届かなかったようだ。言いにくそうにしながら説明を終えた渡辺は「すみません」と頭を下げてきて高沢を苦笑させた。

「いや、別にかまわない。だが……」

「はい？」

高沢の笑顔を、眩《まぶ》しいものを見るように眺めていた渡辺が、はっと我に返った顔になり問い返してくる。

「……組長が若頭補佐を一人も連れていかなかった本当の理由が気になる」

「本当の理由？」

どういうことです、と不思議そうな顔をした渡辺に、高沢は「なんでもない」と微笑むと、これから奥多摩の射撃練習場に行くと告げた。

「奥多摩ですか」

渡辺が少し困ったような顔になる。

「何か問題でも？」

まさか行かせるなという命令を受けているわけではないだろうなと思いつつ問い返した高沢に、渡辺はますます困った顔になり、ぼそぼそと口を開いた。

「いえ、できれば外を出歩かないようにしてほしいと、早乙女の兄貴から言いつかってまして」

「早乙女が？　どうして？」

櫻内の指示だろうか、と問い返した高沢に、

「理由は俺にもわからないんですが……」

渡辺は相変わらずぼそぼそとした口調で答え、「すみません」と頭を下げた。

「……そうか」

高沢は暫し、どうするかなと考えた。外に出るなという指示は早乙女の独断によるものか、はたまた櫻内の意図なのか。早乙女の独断であるのなら出かけるのにさほどの問題は生じないだろうが、これが櫻内の言いつけだとすると話が違ってくる。

もしも指示に背き、この家を出たあとに、趙や琳君、それに西村からコンタクトでもあろうものなら、高沢はまた、彼らとの繋がりを疑われることになろう。

趙らは、櫻内を守る手練れのボディガード二名の命を、あまりにも簡単に奪ってみせた油

断のならない相手である。櫻内が直接対決をしようとしている今、考えなしの行動から万が一にも彼らの手に落ちるような状況に陥りでもしたら、組にとっても大変な迷惑となろう。

ここは我慢するかと高沢は結論を出すと、「行くのはやめた」と渡辺に告げた。

「そうですか」

渡辺はあからさまにほっとしてみせたあと、用事があればいつでも呼んでほしいと丁重に頭を下げ、高沢の前を辞した。

一人になってから高沢は携帯を取り出し、三室へとかけ始めた。以前は毎週二、三度、それこそ休みの日には必ず練習場を訪れていたのだが、この数週間、そういえば一度も三室の顔を見ていなかったと気づいたためである。

足が遠のいたのは、いつかの夜のように櫻内があまりいい顔をしないからだが、高沢がなんとなく恩師と顔を合わせづらく感じていたためもあった。櫻内から『三室は若い衆を愛人にしており、練習場の離れで蜜月《みつげつ》生活を送っている』という話を聞いて以来、高沢は三室に対し、どこか身構えてしまっていた。

三室が男の愛人を持っているということが、高沢にはどうにも信じられなかった。嫌悪を抱いているというより、『あの』三室に男だろうが女だろうが、愛人がいるということが、どうにもそぐわないように感じてしまうのだ。

三室は随分前に妻に先立たれたということだったが、実は高沢は三室が妻帯していたということにも、違和感を覚えて仕方がないのだった。

三室にとっての興味が女に――いや、男女を問わず誰か特定の相手に向いているということが、高沢には信じられなかった。三室もまた自分同様、射撃の世界にのみ生き場所を見出している、銃にとりつかれた男の一人だと高沢は思っていた。

射撃練習場の教官という、自分が最も興味を惹かれている銃を身近に感じている彼の毎日はさぞ充実したものだと思うのに、その上彼は愛人を囲っているのだという。

あらゆる欲から逸脱している三室には似合わぬ貪欲《どんよく》さ――それが高沢の覚えた違和感の正体だった。

勝手に抱いたイメージを崩されたからといって、違和感を覚えるもないものだ、と高沢が自らの思考に終止符を打ったそのとき、三度ほどコールしていた携帯に三室が応対に出た。

『どうした』

高沢の番号を登録でもしているのだろう。名乗るより前に用件を問うてきた三室の、渋いとしかいいようのない低い声が電話越しに響いてくる。

「いえ、ご無沙汰していたもので」

『そういえばそうだな』

電話の向こうで三室がくすりと笑いを漏らす。

『元気にしていたか』

「ええ、まあなんとか」

『組は今、大変らしいな。組長が香港に飛んだとか』

奥多摩にいながらにして、相変わらず耳の早いところを見せる三室は、自分より余程情報通だと思いつつ、高沢は「ええ」と頷いた。

『お前は居残りか』

「はい」

『……まあ、あまり気にしないことだ』

やはり三室の耳にはいろいろと情報が届いているようで、高沢に事情を聞くことなく、それでいて慰めるようなことを言ってくる。さすがだな、と高沢は内心舌を巻きながら、もしや、と思い三室に問いを発した。

「あれ以降、西村についての情報は何か入ってきましたか」

『西村か』

電話越しに聞こえる三室の声に一瞬なんともいえない響きが籠もる。

「あの？」

いつになく言いよどんだ三室に、何かあったのかと高沢は尋ねたのだが、

『いや……』

なんでもない、と三室は答え、言葉を続けた。

『特に新しい情報は入ってきていない。相変わらず趙の弟、琳君と行動を共にしているようだ』

「そうですか……」

相槌を打つ高沢の脳裏に、西村の顔が蘇る。将来の警察組織を背負《せお》って立つ男とまで言われた面影はまるでなく、酷くすさんでいた西村。彼の隣には美女と見紛うチャイナドレスの麗人、琳君がいた。趙の弟であり、凄腕《すごうで》のスナイパーとして活躍し、香港黒社会における趙のポジションを不動のものにした立役者ともいわれる彼と西村の出会いのきっかけはわからない。だがかなり親密そうではあった、と二人の様子を思い起こしていた高沢は三室の問いに我に返った。

『琳君から連絡があったそうだな』

「はい」

やはり三室には知らないことはないようだ、と思いながら頷いた高沢に、三室の問いは続く。

『何を言ってきた？　西村が会いたがっているとでも言ってきたか』

「……よくご存じですね」

さすがだ、と相槌を打った高沢に、

『だいたいそんなところだろうと察しはつく』

三室はそう苦笑したあと、不意に口調を改めた。

『なんにせよ、彼らには——西村にはもう、かかわらないことだ』

「…………」

厳しい——かつて警察内で上下関係にあったときと同じ口調で告げられたその言葉が、三室の単なる忠告ではなく自分への命令であることを高沢は察した。

察して尚、「わかりました」と答えることができないのは即ち、高沢が『わかって』はいないということに他ならなかった。

『…………』

電話の向こうで三室もまた沈黙する。二人何も喋らない時間が暫し流れたあと、高沢の耳に三室の苦笑する息の音が響いた。

『ひとつ聞かせて欲しいんだが』

「はい？」

三室の口調は淡々としており、あたかも時候の挨拶《あいさつ》でも始めそうな雰囲気だった。

『お前にとって西村は、一体どういう存在なんだ？』

だが問われた言葉は時候の挨拶どころか答えに窮するもので、高沢はまた電話を握りながら暫し黙り込むことになった。

三室からは以前、同じ問いをかけられたことがある。そのときも高沢は『わからない』と答えたのだが、今回もまた同じ答えしか返せそうになかった。それがわかったのだろう。

『まあいい』

またも電話の向こうで三室が苦笑したのに、高沢は「すみません」と詫びた。

『謝る必要はないが、高沢』

「はい」

三室の淡々とした声が高沢の耳に響く。

『西村のことを更生させようなどと思っているのだとしたら、無駄だ。奴はもう、俺たちとは別世界にいる』

「それは……」

国が違うという意味などではないことは当然高沢にもわかった。が、具体的に彼はどんな『世界』にいるのだと問い返した高沢に、

『越えてはならない一線を奴は越えた。何があっても引き返すことはないだろう。たとえ引き返したくともな』

三室はそう答えたが、答えを聞いても高沢は今ひとつ理解できなかった。

『西村のことはもう忘れろ、俺に言えるのはそれだけだ』

高沢の戸惑いは三室にも伝わったようで、駄目押しのように言葉をかけてくる。

「……別に、更生させようなどと考えているわけではないのです」

彼のいる『別世界』が、堕《お》ちるところまで堕ちた世界という意味であるのなら、自分自身もまた同じではないかと高沢は思いながら口を開いた。

ヤクザのボディガード、しかも男の愛人など、身を持ち崩すにもほどがあるという堕落ぶりである。そんな自分に人を更生させようなどという高い志があるわけがない、と言いたい高沢の心が伝わったのだろうか、三室は暫し黙り込んだあと、更に高沢の首を捻《ひね》らせる答えを返してくれた。

『西村はもう、お前の知る奴じゃない。それは中国人マフィアの手先になったなどという外的要因ではなく、奴の内面の問題だ』

「……よく、わかりません」

降参とばかりに、高沢が呟く。

『奴はもうおかしくなってるということさ』

三室はあっさりそう答えると、あ、と声を上げた高沢にたたみかけるようにこう告げた。

『いいな。西村のことはもう忘れろ。奴が何を言ってきても相手にしては駄目だ。頭のおかしいやつに通じる常識はない。俺はお前が傷つくのを見たくはない』

「……教官……」

口調は淡々としていたが、三室の言葉にはずしりとした重さがあった。思わず呼びかけた高沢の耳に、少し照れたような三室の声が響く。

『俺としたことが喋りすぎた。たまには顔を見せるといい』

それでは、と三室が話を打ち切ろうとするのに気づき、高沢は慌てて「ありがとうございました」と言いかけたのだが、途中で電話は切れた。

「…………」

ツーツーという不通音を耳にしながら、高沢は暫くの間立ち尽くしていたのだが、やがて我に返ると電話を切り、ジーンズの尻ポケットに突っ込んだ。

何か飲みたいなと冷蔵庫に向かい、ミネラルウォーターを手に取りかけたが、思い直して缶ビールを摑む。明るいうちから飲酒というのも何か、と自身の行動に苦笑しながら高沢は自室のソファへと倒れ込むようにして身体を沈めると、プルトップを上げた。

ごくごくと一気に半分ほど飲んだあと、はあ、と大きく息をついて天井を見上げる。三室との会話を頭の中で再構築してみたものの、やはり高沢には今ひとつ理解できなかった。

ただ、西村がおかしいというのはわかる気がする、と高沢はすさみきったかつての友の瞳を思い起こし、また一つ溜め息をつくと、残りのビールを一気に飲み干し立ち上がった。再び冷蔵庫に向かい、新たな一缶を手にソファへと戻る。

既に『別世界』にいるという西村を、その世界に——狂気の世界に追い込んだのは、一体なんだったのか。順風満帆に見えた警察内での彼が、ヤクザの甘言で堕落するあたりまでは彼の心理をたどることができるのだが、とビールを喉に流し込む高沢の脳裏に、かつて西村に告げられた言葉が蘇った。

『……もしかしたら俺はずっと……こうしてお前を抱きたかったのかもしれない』

「…………」

言うだけでなく、彼には実際犯されたことがあったというのに、高沢はどうしてもその言葉に戸惑いを覚えずにはいられないのだった。

『ずっと』という言葉から、高校時代から今に至るまでの共に過ごした日々をいかに思い起こそうと、西村は一度としてそのような——自分を『抱きたい』と思っているような素振りを見せたことがなかったためである。

彼の言葉が真実であるのなら、十年以上にもわたる歳月、あれだけ近くにいながら自分への欲情をひた隠しにしてきたということになる。そんな馬鹿な、と思いながらまたビールを呷った高沢は、ふと、ああ、だからか、と思わず酒に手を伸ばした自分の心理におそまきながら気がついた。

西村を狂気の世界へと追いやった責任を、自分は感じているのかもしれない——心のどこかで自分は、抑圧した己への欲情が西村を『別世界』へと駆り立てたのではないかと思っている。だからこうも西村のことを気にしてしまうのではないか、という分析をしたあと、高沢は一人頭を振ると、また一気にビールを呷った。

『欲情』ではなく『愛情』かな、という考えが浮かぶのを頭の奥に押し戻し、残りのビールを飲み干すと高沢はそのままソファにごろりと寝ころんだ。昨夜の行為の倦怠《けんたい》が睡魔をもたらしてくれることを期待し、ぎゅっと目を閉じる。

自分でもはっきりと理解しているとはいいきれない己の心情も、三室には多分お見通しなのだろう。

『俺はお前が傷つくのを見たくはない』

耳に残る彼の渋い声音《こわね》が、この数週間見ていない三室の顔の幻を高沢の脳裏に描き出す。

本当に三室と、確か金子とかいった、あの綺麗な顔をした若い男とは愛人関係にあるのだろうか——ふと頭に浮かんだ疑問の下世話さに苦笑する高沢は、それが本来自分が考えなければならないことからの逃避であるのもまた理解していた。

睡魔はなかなか訪れてはくれなかったが、それでもいつの間にか高沢はソファでうとうとしていたらしい。ドンドンドンと激しくドアが叩かれる音にはっと目覚め、何事かと起き上がった。

「失礼します」

返事を待ちきれなくなったのか、勢いよくドアが開き渡辺が飛び込んでくる。

「どうした？」

たいていのアイドル歌手よりも綺麗な顔立ちをしている渡辺の、その綺麗な顔は真っ青だった。尋常ではない彼の様子に、高沢の胸に嫌な予感が一気に押し寄せてくる。

「大変です。い、今、組事務所から連絡があったんですが……」

口を開いた渡辺の足はがくがくと震え、声も聞きづらいほどにひっくり返っていた。

「落ち着け。何があった」

ここまで動揺している渡辺を見たことがなかったと思いつつ、高沢が報告の続きを促す。が、その高沢も渡辺が震えながら告げた言葉には、驚愕のあまりらしくもない大声を上げることになった。

「く、組長が……櫻内組長が趙の手先に撃たれ、瀕死《ひんし》の重傷だと……」

「なんだと!?」

心臓を鷲摑《わしづか》みにされたようなという比喩《ひゆ》そのままに、高沢の胸に嫌な感じの痛みが走る。息苦しさが増し、思わず襟元を緩めようとした彼の指先は、ぶるぶると傍目《はため》にわかるほどに震えていた。

「……組事務所に向かいたいのだが」

声も酷く掠《かす》れ、まるで他人のもののようである。シャツのボタンを外そうにも、手が震えてしまって少しもままならない。動揺が過ぎると身体は震えるものなのだな、と、呑気《のんき》とも思える言葉が浮かぶのは、それこそ動揺が過ぎるためかと思う高沢の顔色があまりに悪かったからだろうか。

「あの、大丈夫ですか」

渡辺がおずおずと近づいてきて、高沢を見下ろした。

「……ああ」

「外しましょうか」

彼の目線が、襟元を摑む己の指先にあることを感じ、高沢は「大丈夫だ」と答えたのだが、渡辺は何を思ったのか、

「失礼します」

と声をかけ、高沢の手を握った。

「……なに？」

なんだ、と目で問おうとしたが、渡辺は高沢と目を合わせることなく、彼の手を身体の脇《わき》まで下ろすと、シャツのボタンを二つ外してから――渡辺の指先も酷く震えていたが、ボタンを外せないほどではなかった――一歩下がった。

「失礼しました」

「……いや、ありがとう」

突然の渡辺の行動を訝りながらも、おかげで少し楽に呼吸ができるようになった、と礼を言う高沢の前で、渡辺がぎゅっと拳《こぶし》を握り、深く頭を下げる。

「申し訳ありません。組事務所からは、ここを動くなという指令が出ていまして……」

「…………」

そんな、と高沢はまたも大きな声を上げそうになったが、渡辺を怒鳴りつけても意味がないとすぐに察し言葉を呑《の》み込んだ。

「……それは若頭補佐からの指示か？」

寺山の命令だろうか、と高沢が問いかけたのに、渡辺はあからさまに困った顔になり「わかりません」と首を横に振った。

またも、らしくもなく高沢は語気荒く彼を怒鳴りつけそうになったが、もしかしたら本当にわからないのかもしれないと思い直し、問いを変えた。

「ここにも組長関連の情報は遅延なく入れてもらえるのだろうか」

「はい、それは大丈夫かと思います」

『思います』ではこころもとないではないか、とまた渡辺を怒鳴りつけたい気持ちを高沢はぐっと抑え込む。

「……それで、組長は今、どこに？　香港か？」

瀕死の重傷を負っているというのなら、まだ現地にいるのだろうと思い問いかけた高沢の予想は外れた。

「いえ、今専用機で帰国途中だそうです。到着後はすぐ、聖路加《せいろか》に運ばれるという話でした」

「飛行機で移動などさせて大丈夫なのか？」

危険なのではないか、と今度は抑えることができず思わず大声を上げた高沢に、

「香港にいた方が危険だという判断だったそうです」

渡辺はびくっと身体を震わせたあと、俯きながらぼそぼそと答えた。

「……そうか……」

誰の判断だったのだろう。櫻内本人だろうか。だが瀕死の重傷を負っているのだとしたら、口をきくことなどできなかっただろうに——聞きたいことは山のようにあったが、渡辺からは明確な答えを引き出すことはできまいと、高沢は溜め息をついた。

「何かわかったら教えてくれ」

手を伸ばして渡辺の肩を叩く。と、渡辺はまたびくっと身体を震わせたあと、直立不動の姿勢になった。

「わ、わかりました。何かありましたらすぐ、お知らせします」

「頼む」

高沢もまた渡辺に頭を下げたが、そのうちに自分には情報を流すなという指示が出そうな予感がした。

渡辺が部屋を辞したあと、高沢は通じまいと思いつつ、早乙女の携帯にかけてみた。案の定、まだ空の上にいるらしい彼の携帯は留守番電話センターに繋がったため、電話が欲しいと伝言を残して切ったあと、今度は三室にかけてみようと思っていた矢先、その三室から連

絡があった。

「教官」

『櫻内組長が被弾したそうだな』

さっそく情報が入ったらしい彼は、高沢が櫻内邸で蟄居《ちっきょ》を命ぜられたことも既に知っているようだった。

『約二時間後に羽田に到着するそうだ。また詳しい事情がわかったら連絡する』

相変わらず淡々とした口調でそう告げる三室に高沢は、電話を握りながら深く頭を下げていた。

「よろしくお願いします」

『大丈夫か』

電話を切るかと思った三室が、改めて高沢に尋ねてくる。

「……はい」

『気持ちはわかるが、心配しても状況は好転しない』

「そうですね」

慰めの言葉をかけるより、淡々と現実を思い起こさせる言葉を告げる三室に、高沢は自分への思いやりの心を見た。

『それでは』

「ありがとうございました」

今回もまた三室は、高沢が礼を言っている最中に電話を切ってしまった。愛想がないながらも心配して電話をくれたかつての上司に高沢は心の中で感謝の言葉を述べたあと、携帯を閉じて尻ポケットに突っ込んだ。

が、すぐにまたそれを取り出すと、ソファにどっかと腰掛け、センターテーブルの上に置いた。かかってきたのにすぐ気づくようにという配慮である。

羽田に二時間後到着ということは、築地の聖路加病院には車ならその後三十分くらいで到着だろうか。病院に詰めていたいが、その許しも出ないのだろう、と高沢は今日何度目かわからぬ溜め息をつくと、じっとテーブルの上の携帯を見つめた。

被弾し、瀕死の重傷を負ったという櫻内——当然防弾チョッキは身につけていただろうから、胸を撃たれても『瀕死』などになるわけがない。

もしや頭を撃たれたのだろうか、と考える高沢の胸はまた、心臓を鷲掴みにされたような感覚に襲われ、思わずシャツの前を握り痛みを堪《こら》えた。

「…………」

ボタンを外され、胸のあたりまで露わになっていたことに気づき、ふと己の身体を見下ろした高沢の目に、胸に残る鮮やかな紅色の吸い痕が飛び込んでくる。

我知らぬうちに高沢の指は、その吸い痕へと向かっていた。肌の上から押さえると紅色の充血部分が広がっていく。

この痕をつけられてから、まだ二十四時間経《た》っていない。あれほど激しく、そして執拗に自分を求めた櫻内が今や生死の境を彷徨《さまよ》っているなど、信じろというほうが無理だ、と高沢は両手に顔を伏せた。

『何を信じなくてもいい。だが、俺の想いだけは疑うな』

前夜、あれだけ胸を熱くさせた櫻内の言葉が、高沢の耳に蘇る。

今、最も信じたくないのは櫻内が重傷を負ったという報告だと思いながら、高沢は今まで祈ったことなどない神に、櫻内の無事を祈り続けた。

5

櫻内一行が無事羽田空港に到着し、その後築地にある聖路加病院の特別病棟に入院したという報告を、高沢は三室から受けた。

『容態など、詳しいことはわかっていない。被弾以前に、香港に渡ったこと自体を外に漏らすなと戒厳令が敷かれている』

確かに今、菱沼組組長が危篤などという情報が知れ渡れば、日本中に激震が走るに違いない。あくまでも極秘にするようにという指示は、若頭補佐らが協議した結果のものだそうだと、三室はそこまで高沢に説明してくれた。

『一応、話し合いの形を取っているらしいが、実際すべてを取り仕切っているのは寺山だという話だ』

「……そうですか」

櫻内は未だにナンバー2の役職である『若頭』を空席にしていたが、最も近い場所にいるのは若頭補佐の寺山だろうというのが専《もっぱ》らの評判だった。

櫻内よりも十歳以上年齢が上であるため、彼が跡目を継ぐことはまずないというのもまた、専らの噂だったのだが、もしも櫻内に万一のことでもあれば多分、組長の座は寺山のものになるのだろう。

三室の話を聞き、高沢はその思いを強くしたが、『万が一』などあり得ないと思おうと密《ひそ》かに唇を噛んだ。

『そのうちに幹部会議が開かれることになろう。また何かわかったら連絡する』

「ありがとうございます」

三室に礼を言って電話を切った三時間後に、ようやく渡辺が部屋へとやってきて、櫻内が無事に聖路加病院に入院した旨を伝えて寄越した。

「ありがとう」

三室から得た以上の情報を、渡辺は一つも持っていなかった。症状を聞いたが、特に報告はなかった、と答える彼からは何も聞き出せまいと、高沢は笑顔で礼を言い、彼を部屋から出そうとした。

「あの」

報告を終えたのだから、当然部屋を辞するであろうと思われた渡辺が、酷く思い詰めた顔で口を開く。

「どうした」

尋常ではないその様子に、何かあったのかと高沢は身構えたのだが、実際『あった』もののそれは櫻内に関することではなかった。

「……早乙女の兄貴が、酷く落ち込んでまして……」

「え？」

拍子抜け、などと言っては気の毒とは思いつつ、正直、なんだ、と肩の力を抜いてしまった高沢だったが、続く渡辺の言葉には、力など抜いてはいられなくなった。

「……組長を守れなかったのは自分の責任だと、酷く落ち込んでいたところ、幹部連中の間からも責任を追及する声が出ているようで」

「なんだと？」

一体どういうことなんだ、と高沢が渡辺に詰め寄ろうとしたそのとき、いきなり部屋のドアが開いたものだから、高沢も渡辺も驚いてその方を見やった。

「おい」

「兄貴！」

なんとその場に現れたのは、今ちょうど噂をしていた当の本人、早乙女だった。驚きに目を見開いた高沢に向かい、早乙女は「よお」と片手を上げてきたのだが、その顔は酷く憔《しょう》悴《すい》していた。

「おい、大丈夫か」

眉を顰めて問いかけた高沢に「大丈夫だよ」とぶっきらぼうに答えたあと、勝手知ったるとばかりに早乙女はずかずかと室内に入ってくると、冷蔵庫からスーパードライの五百ミリリットル缶を取り出した。

「もらっていいか?」

「……あ、ああ」

笑いかけてくる彼の頰が、ぴくぴくと痙攣《けいれん》している。高沢が頷くと早乙女はその場でプルトップを上げ、ごくごくとほぼ一気に缶ビールを飲み干した。

「渡辺、もういいぞ」

ぐしゃりと缶を潰《つぶ》しながら、早乙女が渡辺を睨み付ける。

「し、失礼します」

渡辺はまだその場に留《とど》まっていたそうだった。彼もまた早乙女のことが心配なのだろうと思い、高沢は取りなそうとしたのだが、渡辺にとっては早乙女の言葉は絶対のようで、直立不動の体勢から深く頭を下げると、そのまま部屋を駆けだしていってしまった。

バタン、とドアが閉まったと同時に、早乙女が、はあ、と大きく溜め息をつき、再び冷蔵庫の扉を開く。

「ウイスキーにするか」

早乙女はよく高沢の部屋で酒を飲み、高沢も付き合うことが多いのだが、こうして高沢から何を飲もうと誘ったことはまずなかった。

それゆえ、早乙女は酷く驚いた顔になり、高沢へと視線を向けてきたのだが、すぐに「おう」とまた引き攣った笑みを浮かべると、手早く水割りの支度をし、盆に載せてソファの前のテーブルへと下ろした。

グラスを二つ並べ、氷を入れたあとにどばどばとウイスキーを注《そそ》いでゆく。水も用意したが、結局はロックにしたグラスの一つを取り上げた彼の横に高沢も腰掛け、残ったグラスを手に取った。

「乾杯」

チン、と早乙女が高沢のグラスに自分のグラスをぶつけると、中の酒を一気に呷る。

「おい、大丈夫か」

水でも飲むかのような飲みっぷりのよさに、身体に障るのでは、と眉を顰めた高沢へと再び早乙女の視線が向けられた。

「……申し訳ない……」

と、いきなり早乙女の目が潤み、盛り上がった涙が彼の瞳からぼろぼろと零れ落ちたものだから、高沢は仰天し、思わずグラスをテーブルへと下ろすと、早乙女の腕を摑み、顔を覗き込んだ。

「どうした？」

「く、組長を、守れず、本当に申し訳ない……っ」

早乙女は高沢の腕を払うと、いきなりソファから床へと降り、高沢に向かって土下座をし始めた。

「おい、どうした」

酔ってるのか、と高沢もまた床に降り、片膝をついた姿勢で、早乙女の両肩を摑んで顔を上げさせようとした。

「本当にあんたにはなんと詫びたらいいか……すまねえ、本当にすまねえっ」

おんおん泣く、という表現がぴったりの泣き方で早乙女は泣きじゃくりながら、高沢の前で深く頭を下げ続けた。

「俺に詫びる必要はない。おい、本当にしっかりしろ」

高沢がいくら顔を上げさせようとしても、早乙女は頑《かたく》なに頭を下げたまま「申し訳ない」と繰り返すばかりだった。そうして十分も謝り続けていたが、さすがに涙も尽きたのか、早乙女がぐすぐすと鼻を啜《すす》り始めたのに、今なら話ができるか、と高沢はぐいと彼の肩を摑んだ手に力を込め、無理やりに頭を上げさせた。

「向こうで何があったか説明してほしい。できるか？」

「お、おう……」

早乙女が拳で涙を拭いながら頷く。よかった、落ち着いたらしいと高沢は内心安堵の息を吐きつつ、早乙女をソファに座らせ、自分も隣に座ると、彼の空いたグラスにウイスキーを注《つ》ぎ足した。

「……すまねえ」

小さな声で詫びた早乙女の顔は真っ赤になっていた。大きななりをして泣きじゃくったのが恥ずかしくなったと思われる。高沢は「気にするな」と言うと自分のグラスにも酒を注ぎ足し、

「それで？」

と彼に話をするよう促した。

「……手の内を読まれていたとしかいいようがなかったんだよ」

早乙女がぽつぽつと話し出した事柄を総合すると、次のような内容だった。

香港はランタオ島にある国際空港に到着した後、入国審査を終えた一行は、櫻内の友人である韓国マフィアのボスの出迎えを受け、彼の用意した車へと向かおうとした。

空港のエントランスには既に櫻内を乗せる車が待機していたのだが、彼ら一行が空港から一歩足を踏み出した途端、狙撃されたとのことだった。

空港利用の一般客の命など、お構いなしという銃撃戦が始まった。韓国マフィアたちは銃を携帯しており、応戦したものの、多勢に無勢であっという間に死体の山が築かれていった。すぐに空港警察が飛んできたが、彼らが到着したときには狙撃手たちの姿は消え、傷を負った者だけがその場で呻《うめ》いていた。その中に、幾発もの銃弾を受け、意識を失っている櫻内の

姿があったということなのである。

早乙女が傷一つ負っていないのには理由があった。早乙女は今組内で浮いてしまっており、今回香港に同行した彼より格上の組員たちから、しんがりを務めろと命じられ、櫻内から遠ざけられていたためであった。

早乙女が冷遇される理由を、本人ははっきりとは語らなかったが、どうも高沢と親交が深いからであるらしかった。裏切り者と白い目で見られていたために櫻内から遠ざけられたのだが、それゆえ早乙女は命を取り留め、彼を疎んじた組員たち殆《ほとん》どが銃弾に倒れ命を失ったというのもまた、皮肉な話ではあった。

「組長を日本に搬送するのは誰の意見だったんだ」

早乙女によると、同行した組員の殆どは絶命したという。まさか早乙女の下した結論ではあるまいと思いつつ高沢が問うと、

「組長の親友だっていう、林《リム》という韓国マフィアのボスだよ。空港に彼の専用機があるから、すぐに帰国するようにと……」

早乙女が呆然《ぼうぜん》としている間に、その林という男がすべての手続きを終え、櫻内と共に早乙女は帰国の途に着いたのだが、どこで調達したのか林が集めた救急隊員らに阻まれ、櫻内に近づくことはできなかったらしい。

早乙女が櫻内を見たのは、聖路加病院に到着したときのほんの一瞬で、すぐに集中治療室

に運ばれ、そのあとは面会謝絶となってしまった。

「紙みたいに白い顔だったが、息はしていたと思う……」

「何発くらい、被弾したんだ？」

「……実際現場を見ちゃいないが、三、四発は撃たれてたんじゃないかと思う」

「そうか……」

頷いた高沢の前で、早乙女の顔が再びくしゃくしゃと歪んでいった。

「本当に情けねえ……俺は、俺はもう、どうしたら……」

「泣くな」

うう、と拳で目を擦る早乙女の肩を、高沢はがしっと摑んで揺さぶると、「ほら」と酒のグラスを彼に差し出した。

「……すまねえ」

声に涙を滲《にじ》ませながらも早乙女はそれを受け取り、一気に呷る。

「…………」

高沢もまた自分のグラスに酒を注ぎ入れ、一気にそれを飲み干した。

早乙女から話を聞けば、狙撃された状況や今の櫻内の容態がすべてわかるだろうと思っていたにもかかわらず、得られた情報が殆どないということに、高沢は苛立ちを感じていた。

が、それを面《おもて》に出せば早乙女がますます落ち込むだろうと彼なりに気を遣っていたのだった。

それにしても――グラスに酒を注ぎ足しながら、高沢は今聞いた早乙女の話を頭の中で反《はん》芻《すう》した。

香港到着直後に狙撃されたのは、櫻内の香港入りの情報が漏れていたということに他ならない。櫻内が日本を留守にすることを知っているのは、組の幹部と同行を命じられた組員、それにこの櫻内邸の離れに住んでいる若い衆に限られていた。航空会社のエアラインを使っていないため、乗客名簿から知れることもなかったはずである。

にもかかわらず、香港入りした途端に襲われたということは、情報を得ていた誰かが漏らしたとしか考えられない。一体誰が、と高沢は数少ない諜《ちょう》報者《ほうしゃ》の候補を一人一人思い浮かべた。

幹部連中ということはまず考えがたい。となると若い衆ということになるが、この家に同居している者たちの櫻内への心酔ぶりを日々目《ま》の当たりにしているだけに、それはないのではと思われた。

櫻内の旧友、韓国マフィアのボスも可能性があると気づいたが、被弾後の対応から、とても櫻内の命を奪おうとしているとは思えない。

となると、一体誰が、と高沢が考えを巡らせていたそのとき、ドアがノックされる音が響き、高沢と早乙女は二人して顔を見合わせ、同時にドアを見やった。

「どうぞ」

誰だ、と思いながら高沢が声をかけると、「失礼します」と渡辺がドアを開いて中へと入ってきた。

「どうした」

早乙女が泣き顔を見られたくないとばかりにそっぽを向いた横で、高沢がソファから立ち上がり問いかける。

「あの、寺山さんから、兄貴に呼び出しが……」

おずおずとした口調で渡辺がそう告げたのに、早乙女の肩がびくっと震えた。

「呼び出し？」

それを横目に見ながら高沢が問いを重ねる。

「先ほど幹部会議の開催が決定したそうで、早乙女の兄貴に至急来るようにと……」

渡辺の答えに高沢が「用件は」と問うのと同時に、早乙女がソファから立ち上がった。

「悪《わり》ぃが洗面所、貸してくれ」

渡辺から顔を背けるようにして高沢に声をかけてきた彼に「ああ」と頷いたあと、高沢は再び渡辺に問いを発した。

「呼び出しの内容は聞いているか」

「いえ、すぐ来るように伝えろということだけしか俺は……」

そう言いながらも真っ青な顔をしている渡辺の様子に、尋常ではない雰囲気を高沢は感じた。

「つるし上げか」

「……おそらく」

歩み寄り、低く問いかけた高沢に、渡辺が青い顔のまま首を縦に振る。

「生きて帰ってきたのは早乙女だけなのか」

「いえ、あと三名いますが、皆重傷を負ってます。無傷なのは早乙女の兄貴だけなので、それで事情を聞きたいのかとも思ったのですが、兄貴からの状況説明はもう済んでるという話も聞いてましたので……」

「そうか」

頷いた高沢に、渡辺が思い詰めた目を向けてくる。

「なんらかの処分じゃないといいんですが……」

「処分も何も、あいつが単にラッキーだったというだけで、非は少しもないだろう」

高沢は自分の言葉を至極真っ当だと思ったのだが、渡辺は「しかし」と更に顔を曇らせた。

「随分雲行きが怪しいようなんです。今回の幹部会議、招集は寺山さんなんですが、早乙女の兄貴は彼にやたらと目の敵にされてますので……」

渡辺がぼそぼそと答えていたそのとき、「待たせたな」と早乙女が洗面所から戻ってきて、会話はそこで終わりとなった。

「酒くせえかな」

早乙女は顔を洗いさっぱりした様子だったが、呼び出しに不安を感じているのか、高沢にそう問う顔は引き攣っていた。

「いや、お前は顔に出ないから」

大丈夫だ、と、高沢は彼に歩み寄り、ぽん、と平手で彼の胸を叩いてやった。

「……じゃ、行ってくるからよ」

早乙女が微笑み、高沢に右手を上げると、そのまま部屋を出ようとする。

「送ります、兄貴」

慌てて渡辺がそのあとを追い部屋を出ていくのを見送ると、高沢は小さく溜め息をつくと再びソファに身体を沈めた。

グラスに注がれた酒は、氷が溶けて随分と薄まってしまっている。それを一気に呷ったあと、グラスに氷を落としながら高沢は一人、櫻内の容態を思っていた。

早乙女の話を聞いただけでは、櫻内の容態は殆どわからないといってよかった。生命の危機は脱したのか、それともまだ危篤状態なのか。できれば様子を見に病院にも行きたいが、おそらく許可は出ないだろう。行ったところで集中治療室に入っているのなら、家族でもない自分は面会できないだろうし、と思う高沢の口から、我知らず大きな溜め息が漏れる。

せめて危機的状況は脱したなどの情報が欲しい。できればこの目で無事を確かめたいと願うのに、それができないもどかしさが高沢の手を酒のボトルに伸ばさせる。

いっそのこと許可が出なくても病院まで行ってしまおうか、と考えている自分にふと気づいたとき、あまりに自分らしくない『熱さ』に高沢は愕然としてしまった。

「…………」

どちらかというと高沢は、自分を冷めた人間だと思っていた。熱中できるものは射撃のみで、人にも物にもあまり思い入れがない、淡々とした性格だと思っていたにもかかわらず、この熱さは一体身体のどこから発生した熱なのか。

諦めも早く、不可能と思われることなら最初からやっても無駄と合理的に物事を考える。そんな自分が今、まるで自棄《やけ》にでもなったかのようなことを考え、今にも実行しそうになっている。驚くべきことだと、我が事にもかかわらず感嘆している自分に苦笑しつつ、高沢はまた酒を呷った。

と、そのとき高沢がテーブルに出したままになっていた携帯の着信音が室内に響き渡った。

誰だ、とディスプレイに浮かぶ番号を見ても覚えがない。

まさかまた琳君か、はたまた西村かと緊張しながら応対に出た高沢の耳に、聞き覚えのある声が響いた。

『突然すまんの。ワシや。八木沼や』

「八木沼組長……」

電話をかけてきたのは、関西最大の規模を誇る組織『岡村組』の若頭、八木沼だった。高沢はかつてある事情から八木沼邸に暫く世話になったことがあり、その際関西一の極道とも言われるこの伊達《だて》男にいたく気に入られたのだった。

とはいえ、携帯の番号を交換するわけもなく、八木沼は彼なりのネットワークを用いて調べ、かけてきたと思われるが、そうまでして自分になんの用だ、と高沢は酔いの回った頭を振り、集中力を呼び起こそうとした。

『驚いとるな。だがワシも驚いとる。櫻内が香港で重傷を負ったそうやないか』

「え?」

なぜそれを知っているのだ、と驚いたあまり微かな声を漏らしてしまった高沢は、しまった、と唇を嚙んだ。

ヤクザの情報網は警察のはるか上を行くと言われていることは高沢も知るところではあったが、それにしても早すぎる。まさか日本全国に櫻内被弾の報が知れ渡っているのではあるまいな、と思う高沢のこめかみに一筋の汗が流れた。

が、事態が高沢の案じていたような内容でなかったことは、続く八木沼の言葉ですぐ知れた。

『なんやそない黙り込んで……。ああ、なんでワシが知っとるか、あんたが不審に思うのも無理ないな。えらいすまんかった。林から連絡があったんや。あんたは面識なかったかな。

櫻内が親しくしとる、韓国マフィアのボスや』

「……ああ……」

そういうことか、と高沢が安堵の息を吐いたのが聞こえたのだろう、『驚かせてすまんかった』と八木沼は笑ったが、すぐに口調を改め問いかけてきた。

『それでどないな容態なんや』

「それがなんとも……」

わからないのです、と答えた高沢に、八木沼が驚きの声を上げる。

『まさか見舞いにも行ってへん言うんやないやろうな』

「……そのとおりです」

『なんやて？』

八木沼は更に驚いた声を上げたが、事情通の彼には何か察するところがあったらしい。

『よっしゃ。ワシが聞いといたるわ』

豪快に笑うと、高沢を驚かせることを言い出した。

『聖路加にはワシも世話になったさかいな。話の通じる医者もおる。なに、心配せんかて菱沼組の迷惑になるようなことはせんから、安心せい。迷惑どころか、恩返しがしたい思うとるんやからな』

「……それは……」

八木沼の言う『恩返し』とは、趙が日本上陸を計画した際、まず関西に目をつけ岡村組の若頭補佐を次々と殺害、八木沼もまた凶弾に倒れたのだが、八木沼とは義兄弟の盃を交わした櫻内が趙と話をつけるべく大阪に出向いた、その恩義に報いるという意味だった。

『あんたにも逐一情報入れたるわ』

そしたらな、とせっかちな八木沼は、早速情報収集に取りかかることにしたようで、挨拶もそこそこに電話を切った。

礼を言う暇もなかったと苦笑しながら高沢も電話を切り、再びそれをセンターテーブルの上に置く。

と、それから五分もしないうちに再び携帯が着信に震えた。

『ワシや』

さすが八木沼、たった五分で情報を得たようで、高沢が口を開くより前にたたみかけるように説明を始めた。

『櫻内やがな、危機的状況は脱しとるいう話やったわ。ただ予断は許さんらしく、当分ＩＣＵにいるそうや』

「……そうですか」

危機的状況は脱したということは、少なくとも死んではいないということだ。よかった、と安堵の息を吐いた高沢の耳に、やはり安堵の滲む八木沼の声が響く。

『予断は許さん言うても、今日明日でどうこうなる話やない、いうことやったわ。またなんぞわかったら連絡するわ』

「どうもありがとうございました。よろしくお願いいたします」

『まかしとき。ああ、それからな』

丁重に礼を言った高沢に、八木沼は豪快に笑ったあと、不意に声を潜めたものだから、なにごとだと高沢もまた声を潜め問い返した。

「はい？」

『あんたも身辺気ぃつけや。随分キナ臭いことになっとるらしいからな』

「え？」

どういうことだ、と高沢が首を傾げているうちに、八木沼は『そしたらな』と電話を切ってしまった。

キナ臭いといえば、組長が凶弾に倒れた今、菱沼組全体がキナ臭い状況に追い込まれているると思うのだが、八木沼の言葉はどうもそういったニュアンスではなく、自分個人に向けられた注意のようだった、と高沢は暫し心当たりを探ったが、これという内容は思い当たらなかった。

それより、と高沢はグラスに酒を注ぎかけ、ふと八木沼の忠告が気になって、酒はやめておくかとボトルをテーブルに下ろすと、ミネラルウォーターをグラスに注ぎ、それを一気に呷った。
よかった――はあ、と大きく息を吐く高沢の脳裏に、黒曜石を思わせる櫻内の美しき黒い瞳が蘇る。
無事でよかった――予断を許さないとはいえ、危機的状況は脱しているという。櫻内がそう簡単に死ぬわけがないとは思ってたが、こうも安堵するということは頭のどこかで覚悟をしていたということなのだろう。
再びグラスに水を満たしながら高沢はまた一人大きく溜め息をついたのだったが、櫻内の命の無事が確認できた安堵に身を任せていられない事態が――それこそ『キナ臭い』事態が刻々と自身に近づいていることまでは、勘の鋭い彼をもってしても察することができなかった。

6

その夜遅く、高沢《たかざわ》の部屋のドアが遠慮深くノックされた。

「誰だ」

眠れぬ夜を過ごしていた高沢が起き上がり問いかける。

「あの、渡辺《わたなべ》です」

「入れ」

時計の針は深夜二時近くをさしている。こんな時間に何事だ、と思う高沢の胸に冷たいものが流れた。

もしや櫻内《さくらうち》の身に何か起こったのではないか——そう思いながら起き上がり、ジーンズを穿《は》いている間に「失礼します」の声と共に静かにドアが開き、青い顔をした渡辺が入ってきた。

「組長の容態か？」

「あ、いえ」

高沢の問いに渡辺は一瞬、きょとんとした顔になったあと、はっとしたように激しく首を横に振った。

「ち、違います。実は早乙女《さおとめ》の兄貴のことで」

「早乙女が？」

なんだ、と安堵《あんど》の息を吐《つ》いたものの、こんな夜中に渡辺が報告にくるのは尋常ではないことが起こったのだろうと思い直し、高沢は改めて彼に尋ねた。

「早乙女がどうかしたのか」

「それが……」

渡辺の顔色は酷《ひど》く青い。唇がわなわなと震えているのはこれから語る内容が、彼にとって如何《いか》に衝撃的であったかを物語るものであろうと高沢は予測したが、実際彼が語った言葉は、高沢の想像を越える驚くべきものだった。

「……幹部会議で今回の責任が問われたそうで、鉄砲玉に指名されたらしいんです」

「なんだと？」

一体どういうことなんだ、と詰め寄る高沢に、「よくわからないんです」と渡辺は頼りない答えを返し、彼の苛立《いらだ》ちを誘った。

「その情報はどこから得た？」

「……組事務所に詰めてる若い衆からこっそり連絡が入ったんですが、奴も会議に出たわけじゃないので、詳細は一切不明なんです」

「どうして早乙女が鉄砲玉を命じられたことがわかったんだ？」

会議に出ていない若い衆が、そこまでの情報を知り得るわけがないと思いつつ尋ねた高沢の語調がいつになく険しかったからか、渡辺は更に青ざめながら事情を説明した。

「部屋から出てきた兄貴が真っ青な顔で『鉄砲玉だってよ』と言ったそうなんですが……」

「……あいつに鉄砲玉は無理だろう」

早乙女は射撃がそう得意ではない――というより、どちらかというと苦手の部類に属していた。撃つより前に撃たれるのが関の山だ、と高沢は溜《た》め息《いき》をついた。

「それで早乙女は」

「……それが、事務所を出たきり家に戻っていないようで……女のところにもいません。携帯も切ってるらしく、繋《つな》がらないんです」

「まさか……」

鉄砲玉になるのが嫌で逃げ出したのではないか、と案じたのは高沢だけではないようで、

「それが心配なんです……」

渡辺は大きく溜め息をつき、「どうしましょう」と高沢を見上げてきた。

「……連絡してみるか」

あれだけ櫻内に心酔している早乙女であるから、その櫻内の仇討《かたきう》ちともいうべき『鉄砲玉』の役目が嫌だからと逃げ出すわけもないと思ったが、命じたのが幹部会というところに

高沢は引っかかりを覚えていた。

聞けば早乙女は幹部会の連中から目の敵にされているという。頭は悪いが人の気持ちの機微には早乙女は敏感だった。自分を疎んじている相手から指名された『鉄砲玉』の役目が、即ち自分への死刑宣告だと気づかぬわけがない。

だが、だからといって逃げ出すような男ではないと思うのだが、と思いながら高沢はベッドへと引き返してゆくと、枕元に置いた携帯を取り上げ、早乙女の番号を呼び出した。

1コール、2コール……早乙女が出る気配はない。やがて留守番電話センターに繋がったので、高沢が伝言を残そうとしたそのとき、

『……もしもし』

電話が切り替わり酷く沈鬱《ちんうつ》な声が響いてきたのに、早乙女だ、と気づいた高沢は彼に呼びかけた。

「俺だ。今、どこにいる？」

『……聖路加……』

酷く酔っているのか、呂律《ろれつ》の回っていない口調で告げられた早乙女の答えに、高沢は、あ、と声を上げそうになった。

『だが会えねえって、追い返された』

電話の向こうの早乙女は泣いているようである。どうするか、と高沢は一瞬考えを巡らせ

たあと、電話を握り直し静かにこう告げた。

「今、迎えに行かせるから。そこを動くな」

『……………』

早乙女は、わかったとも、わからないとも言わず、ただ彼の息の音だけが電話越しに響いてくる。

高沢は先ほどから自分を食い入るように見つめていた渡辺へと視線を向けた。

「はいっ」

渡辺がまるで従順な飼い犬のように、勢いよく高沢の前に駆け寄ってくる。

「聖路加だ。すぐ迎えに行ってくれ」

電話口を押さえ、高沢が低く渡辺に告げると、

「わかりました！」

渡辺も低く答え、部屋を駆け出していった。

「おい、早乙女、聞いてるか？」

渡辺が出ていったあと、高沢は電話越しに早乙女に呼びかけ続けたが、ただ息の音ばかりが続き、彼が答える気配はない。

もしや寝ているのかという高沢の想像は当たり、やがてスピーカーから鼾《いびき》の音が響いてきて、高沢を苦笑させた。

深夜で道が空《す》いていたようで、そのうちに渡辺が早乙女とコンタクトを取れた様子が電話の向こうから聞こえてきたのに安堵し、高沢は電話を切った。

泥酔した早乙女が櫻内の顔見たさに病院を訪れたことを知った高沢の胸には、なんともいえない思いが渦巻いていた。

早乙女は多分、『鉄砲玉』となる覚悟を決めに櫻内の許《もと》を訪れたのだろう。櫻内を守ることができなかったと、大きな身体《からだ》を震わせ号泣していた彼の姿が高沢の脳裏に蘇《よみがえ》る。

それにしても惨《むご》い仕打ちをするものだ、と高沢は『鉄砲玉』となるよう命じたという幹部会に対し憤りを覚えた。今回の香港行きは、あれだけの人数を揃《そろ》え、あれだけの用心を重ねていたというのに、あっという間に『全滅』とも言うべき襲撃を受けている。

『鉄砲玉』というからには、トップである趙《チョウ》を狙《ねら》えということだろうが、たった一人で香港の地に降り立つだけでも危険であるのに、その上なんの後ろ盾もなく趙に銃を向けることなど、誰がどう考えようとできるはずがなかった。

まさに死にに行けと言うのと同義じゃないか、と高沢はやりきれなさから溜め息をつくと、着かけていたシャツを身につけ、早乙女が戻ってくるのをソファで待った。

二十分ほど経《た》った後、車のエンジン音が響いてきたのに、ようやく戻ったかと高沢は立ち上がると、泥酔しているであろう早乙女のために冷蔵庫に水を取りにいった。

それから五分後、またも遠慮深くドアがノックされたのに、「どうぞ」と高沢は答え、自らドアを開きに向かった。

「すみません」

渡辺が、すっかり酔っぱらっているらしい早乙女に肩を貸し、部屋へと入ってくる。

「ソファに下ろしてくれ」

「はい」

早乙女はぶつぶつと何かを呟《つぶや》いており、熟睡してはいないようである。渡辺がそっとソファに下ろすと「うるせえ」などと意味のない悪態をつき、クッションに突っ伏してしまった。

「……ここはもういいから」

高沢が渡辺を部屋から出そうとしたのは、また早乙女が泣くのではないかと案じたためだった。兄貴分を気取っている渡辺に、醜態を見られるのは可哀想《かわいそう》だという高沢の配慮は、渡辺にはすぐ伝わったようだった。

「わかりました。何かあったらいつでも声かけてください」

真摯《しんし》な顔でそう言うと、無理やりのように笑い、静かに部屋を出ていった。

よく出来た男だ、と渡辺の後ろ姿を見送ったあと高沢はソファの前に膝《ひざ》をつき、早乙女の肩を揺さぶった。

「おい、大丈夫か？　水でも飲んだらどうだ」

「……っ」

高沢が触れた瞬間、早乙女の身体がびくっと震え、顔を伏せている彼が息を詰めた気配が伝わってきた。起きているのか、と察した高沢は更に早乙女の身体を揺さぶり、声をかけ続ける。

「起きているのなら返事くらいしろ。大丈夫なのか？」

「……ああ、大丈夫だよ」

むくむくと早乙女の肩が動き出し、やがて彼は身体を起こした。

「酷い顔だな」

目は腫《は》れ、唇の端が切れている。喧嘩《けんか》でもしたのかと高沢が尋ねると、

「その辺のチンピラとくだらねえことでやりあっちまった」

馬鹿馬鹿しいなあ、と早乙女は呂律の回らない口調でそう言い、大声で笑ってみせた。

「ちょっと待ってろ。ほら、水」

息がかなりアルコールくさい。相当酔っているな、と思いつつ高沢は早乙女にミネラルウォーターのペットボトルを手渡したあと立ち上がり、バスルームへと向かった。

ハンドタオルを水で濡《ぬ》らし、軽く絞る。あの様子では、今日彼と話をするのは無理かもしれないなと思いながら高沢は部屋に引き返したのだが、ソファに座りごくごくと水を飲んでいた早乙女が向けてきた顔を見て、思いの外《ほか》意識はしっかりしていそうだな、という感想を持った。

「大丈夫か」

濡れタオルを差し出し尋ねると、

「おう」

早乙女はぶっきらぼうに頷《うなず》き、手を出してタオルを受け取る。

「いて」

傷のある口元を押さえたとき、水が染みたのか小さく声を漏らした早乙女は、続いて上を向くと腫れた両目をタオルで押さえ、はあ、と大きく息を吐いた。

「……何も聞かないんだな」

暫《しばら》くそうして動かずにいた早乙女が、ぼそりと呟く。

「もしかして、もう知ってんのか？」

タオルを外し、早乙女が高沢を見て笑ったのに、高沢はどうしようかなと一瞬迷ったあと、

「ああ」と正直に頷いた。

「耳が早いなあ」

はは、と早乙女は笑って、センターテーブルの上のペットボトルに手を伸ばす。

「どういう事情だったんだ」

ごくごくと水を飲み干してゆく彼に高沢が尋ねると、

「事情も何もねえよ」

早乙女は飲み干したペットボトルをぐしゃりと潰《つぶ》し、吐き捨てるようにそう答えた。

その様子から、有無を言わさず命じられたというわけかと察した高沢の前で、早乙女はぼつぽつと幹部会での出来事を説明していった。

幹部会を仕切っていたのはやはり寺山《てらやま》だったという。部屋には寺山以外は若頭補佐の田山《たやま》と佐野《さの》、二人がいた。

香港での状況を聞かせろと早乙女への問いかけが始まったが、要は三人の若頭補佐が、組長を守りきれなかったことに対し自分の責任を追及する、つるし上げの場であるということに早乙女が気づくのに、そう時間はかからなかった。

「どう責任をとるつもりだ」

「指、詰めます」

『責任』と言われて早乙女が真っ先に思いついたのがそれだった。実際早乙女は責任を感じ自主的に指を詰めるつもりでいたのだが、寺山は早乙女の言葉を鼻で笑って退けた。

「お前の指ごときで事態の収拾が図れるとでも思っているのか」

馬鹿者、と嘲笑《ちょうしょう》され、さすがにむっとした早乙女も、いきなり銃を突きつけられたのにはぎょっとし息を呑《の》んだという。

「この銃で趙を仕留めて来い」

それがお前の果たすべき責任だ、と寺山は言い、早乙女の前に銃を置いた。

「鉄砲玉になれってことですか」

問い返した早乙女に、寺山も、二人の若頭補佐も無言で頷いたのだと早乙女は話を結んだ。

「……鉄砲玉か……」

自分も寺山に鉄砲玉を命じられたことを思い出し、高沢が小さく溜め息をつく。寺山にとっては、鉄砲玉を命じる、すなわち体《てい》のいい排斥《はいせき》方法なのだろう。ワンパターンだなと心の中で悪態をついていた高沢の前で、早乙女がぽつりと呟いた。

「……話はそれで終わりだと、部屋を出された」

「渡航手段は？」

「お前に任せるだとさ」

「…………」

早乙女が吐き捨てるようにそう言い、まったく、と潰したペットボトルを部屋の隅に投げつける。

「…………」

銃だけ渡して、あとは任せるというのはあまりに酷い、と高沢は半ば呆《あき》れ、半ば腹立たしく思いながら、投げられたペットボトルを目で追った。

銃など持って香港に渡ろうとしたら、成田で捕まるのが関の山だろう。必然的に丸腰で向かわざるを得なくなる上に、組の後ろ盾は何もないというのである。

まさに死にに行けというのと同じじゃないか、と眉《まゆ》を顰《ひそ》めた高沢の前で、早乙女は「いけねえ」と舌を出すと立ち上がり、ふらふらしながら自分が放ったペットボトルのところまで歩いていった。

「モノに当たっちゃいけねえな」

苦笑し、ペットボトルを取り上げてまたソファへと戻ってくる彼を、思わず高沢はじっと見上げた。

「…………」

早乙女はそんな高沢に向かい何かを言いかけたが、すぐすっと目を逸《そ》らせると、ソファには座らずふらつく足取りのまま、冷蔵庫へと向かっていった。

「水、もう一本もらってもいいかな」

「ああ、勿論《もちろん》」

今まで許可など得たことがなかったというのに、一体どうしたのかと思いながら、高沢はどこか照れた顔でペットボトルを手に笑いかけてきた早乙女に笑顔を返した。

「…………」

冷蔵庫を空けたまま、早乙女が一瞬、阿呆《あほう》のように口を開け、高沢を凝視する。

「どうした」

だが、高沢がそう声をかけると、はっと我に返った顔になり、「なんでもねえよ」と慌てて首を横に振った。

「……？」

みるみるうちに早乙女の顔が赤くなっていくのを、どうかしたのかと高沢が尚《なお》も見つめていると、

「そんなに見んなよ」

早乙女がぼそぼそ言いながらソファへと戻り、高沢の隣にどっかと腰掛けペットボトルのキャップを捻《ひね》った。

そのまま一気に五百ミリリットルの水を飲み干す早乙女を、高沢は見るとはなしに見つめながら、さてどうしたものかと考えていた。

櫻内が集中治療室にいる今、寺山の命令に待ったをかけられる人間は誰もいない。彼の命令に背くことは即ち、組の方針に背くことになり、鉄砲玉を断ろうものなら早乙女はそれを理由に制裁措置を受けるだろう。

だが、命令に従い鉄砲玉になったとしても、彼の前には『死』しかない。どうしたらいいのだ、と少しもいい考えが浮かんで来ないことに苛立ちを覚えつつ、それでも必死で頭を絞っていた高沢は、不意に早乙女がペットボトルを口から離し、正面からじっと見つめてきたのに、何事だ、と眉を顰めた。

「あのよう」

今まで水を飲んでいたはずなのに、口を開いた早乙女の声は酷く掠《かす》れていた。

「なんだ」

熱に浮かされたような顔をしている、と思いながら高沢が彼に問い返す。

「俺よう、鉄砲玉になるのはよ、別にかまわねえとは思ってるんだよ」

じっと高沢の目を見つめたまま、早乙女がぽつぽつと話を続けていく。いつもとまるで違う早乙女の表情に違和感を覚えつつも、高沢は彼の言葉に耳を傾けていた。

「……組長を守れなかったことには責任を感じてるしよ、組長をあんな目に遭わせた趙の野郎に弾《たま》ぁぶち込んでやりたいってえ気持ちも勿論あるしよ」

「……その気持ちはわかるが、現場では趙に辿《たど》り着く前に殺されるのがオチだろう」

高沢がそんな冷たいことを言ったのは、単細胞の早乙女がこの状況下でも香港に向かおうとしているのを察したためだった。考え直せ、という意味を込めたのが伝わったのか、はたまた通じなかったのか、早乙女はうっと言葉に詰まったあと、

「いいんだよ」

乱暴にそう言い、ふいと高沢から目を逸らせた。

「よくはない。お前も無駄死にをしたいわけじゃないだろう」

ストレートに言わないと伝わらないのか、と高沢は内心舌打ちしつつそう言い、早乙女の顔を覗《のぞ》き込む。

「したいわけねえだろ。でも仕方ねえんだよ。やるっきゃねえ。やらなきゃそれこそ日本で無駄死にすることになっちまう」

目を逸らせたまま言い捨てる早乙女の肩を、高沢は摑《つか》んで尚も顔を覗き込んだ。

「鉄砲玉の命令を撤回させる方法を考えよう。八木沼《やぎぬま》組長に動いてもらうというのはどうだ？　今日も電話があった。事情は通じているような口振りだったから、彼に頼めば……」

「そんなこと、できるわけがねえだろ。俺ごとき三下《さんした》のために岡村組《おかむらぐみ》の若頭が動いてくれるわきゃねえし、万一動いてくれようもんなら、それはそれで大問題になるじゃねえか」

「何が問題なんだ？」

わからない、と眉を顰めた高沢に、

「あのなあ」

ようやく視線を戻した早乙女が呆れた声を上げた。

「よく考えてみろよ。そんな下々のことに岡村組が口を出したなんてことが世間に知れたら、菱沼組は岡村組にそんなつまらねえことまで仕切られてるって噂《うわさ》が立つだろうが。どれだけ傘下の組に影響が出ると思ってやがる」

まったく、と勢い込んで早乙女はそこまで喋《しゃべ》ったが、高沢が「なるほど」と相槌《あいづち》を打ったのに脱力したのか「あーあ」と大きな声を上げ、がっくり肩を落とした。

「もういいんだよ、俺、腹ぁ括《くく》ってるんだしよ」

俯《うつむ》いたまま早乙女はそう言ったが、高沢の目には彼が捨て鉢になっているようにしか映らなかった。

「諦《あきら》めるのは早ぃ。腹を括ったのなら自分が生き延びる方法を……」

「組長を守ることができなかった時点で、詰め腹切るつもりだったからよ。それはいいんだ。いいんだけどよ」

高沢の言葉を遮った早乙女が、ここで顔を上げ高沢を見る。

「……?」

同時に彼の手が高沢の手を振り払ったあと、逆に両肩を摑んできたのに、何事だと高沢は眉を顰めじっと早乙女の顔を見返した。

「あのよ……」

早乙女もまた、じっと高沢の目を見つめてくる。赤く腫れた顔が滲《にじ》んだ汗に光り、やたらと血走った目がぎらぎらと光っている様に、尋常ではない雰囲気を感じ高沢は、

「なんだ?」

と口を閉ざしてしまった早乙女に問い返した。

「あのよ……」

またも同じところで早乙女の言葉は止まる。ごくり、と彼の喉《のど》が鳴り、喉仏が不自然に上下する様を目の前にしながら高沢は、早乙女が何を言おうとしているのかまるでわからず、

ただじっと彼の目を見つめ続けた。

「あのよ……」

三度目の『あのよ』を口にした早乙女が、一段と強い力で高沢の肩を摑む。その目の中に立ち上る焔《ほむら》に、もしや、という予感を抱いた高沢は、瞬時にしてまさか、と思い直し頭に浮かんだ疑念を否定した。

高沢はそのとき、早乙女の目の中に欲情の色を認めたと思った。が、早乙女の性的志向はノーマルであることを思い出したのだ。櫻内組長に心酔している彼は、組長にならば抱かれてみたい、などと、とても冗談とは思えない顔で言うことはあるが、実際は女好きで風俗通いを趣味にしているという話だった。

その彼が自分に欲情など覚えるはずもない——何より早乙女はことあるごとに高沢に対し、『どうして組長があんたにメロメロなのか、理由がまったくわからねえ』と首を傾《かし》げていた。一体いかなる感情を欲情と見誤ったのだろうと密《ひそ》かに自嘲すらしていた高沢は、次の瞬間自分の見たものが『見誤り』などではなかったことを思い知らされたのだった。

「抱かせてもらえねえかな」

「え？」

正直な話、高沢は最初自分が聞き違いをしたのだと思った。それゆえ問い返したのだが、目の前で早乙女の顔がみるみる赤くなっていくのを見て、聞き違いなどではなかったと察したのだった。

「だからよ、香港に行く前にあんたを抱かしてもらえねえかな」

「……どうして」

高沢は早乙女を困らせようと思ったわけではなかった。彼は素で、早乙女が自分を『抱きたい』と言っている、その理由がわからなかったのだ。

「どうしてって……」

早乙女はここでぐっと言葉に詰まった。ぎらぎらと光る目は相変わらず高沢へと注がれ、肩を摑む手には痛いほどに力が込められている。

尋常ではない雰囲気、その上『抱きたい』とまで言われているというのに、高沢は少しも早乙女に対し、身構える気持ちになれないでいた。腕力では多分、早乙女にはかなわないだろうという自覚はある。もしも早乙女が今自分を押し倒してきたとしたら、はねのけることはできないとわかってはいたが、それでも少しも危機感が迫ってこないのは、頭のどこかで早乙女がそんなことをするわけがないと確信しているからに違いなかった。

その確信の裏付けも、無意識ではあるが高沢は察していたのかもしれない。だから彼は、早乙女が暫くの逡巡《しゅんじゅん》のち、ぼそりと告げた言葉を耳にしても、青天の霹靂《へきれき》というほどの驚きを感じなかったのかもしれなかった。

「……あんたが、好きなんだよ」

「……え……」

驚きはしなかったが、戸惑いはした。それが声となり唇から漏れてしまった高沢から目を逸らし、早乙女がぼそりと言葉を続ける。

「自分でも信じられねえんだけどよ、俺はどうもあんたが好きみたいなんだよ」

「…………」

『自分でも信じられない』というところにリアリティを感じる——などと、あたかも人ごとのような感慨を抱いてしまっていたのは何も、高沢が早乙女の思いを馬鹿にしていたためではなかった。

彼はただ戸惑っていただけだった。早乙女の突然の告白が高沢をらしくもなく動揺させていた。

「香港に行けば千パーセント、俺は死ぬだろう。だからその前に、一度でいい。あんたを抱かせてほしいんだよ」

その上そんなことを言われてしまっては答えようがなく、どうしたものかと高沢はただただ、早乙女を見返すことしかできないでいた。

「……頼むよ。抱かせてくれよ……」

何も言わない高沢に、早乙女が弱々しく己《おのれ》の希望を繰り返す。

がたいはいいが、二十歳《はたち》そこそこの彼は、よく見ると幼い表情をしているのだった。頼りなげな顔をしている今の早乙女は年齢相応に見え、この若さで死を覚悟している彼のために自分は何ができるのかと高沢は改めて目の前の早乙女を見つめた。

彼が求めているのは自分の身体である。抱かれてやれば彼の気もすむのだろうと思ったが、『気がすんで』は困るのだ、と高沢は心の中で首を横に振った。

早乙女は早くも死ぬ気である。そんな彼に今自分ができることは――これしかない、と高沢は心を決め、口を開いた。

「それはできない」

ゆっくり、嚙《か》んで含めるように告げた言葉を聞いた早乙女の目が一瞬大きく見開かれ、高沢の肩を握る手に一段と力が込められた。

痛みを覚えるほどの力に高沢が眉を顰める。と、それが合図になったかのように早乙女の手が高沢の肩から退いていき、高沢の目の前で彼の顔は子供がベソをかくときのような表情になった。

「そりゃそうだよな。あんたは組長の愛人だしよ」

ははは、と笑った早乙女が、高沢の前で深く頭を下げる。

「悪かったよ。忘れてくれ」

大きな身体を丸めるようにして詫《わ》びる早乙女を見る高沢の胸に、なんともいえない思いが満ちてくる。ある意味『愛《いと》しさ』といえなくもないその思いを自覚しつつ、高沢は再び嚙んで含めるような口調でこう告げた。

「今、抱かれる気はないと言ったんだ。お前が香港から生きて帰ってきたら、抱かれてやる」

「ええ？」

余程驚いたのだろう、早乙女が素《す》っ頓狂《とんきょう》な声を上げ、びっくり箱の人形さながらぴょんと勢いよく顔を上げる。

「今、なんて言った？」

「だから生きて帰って来たら抱かれてやってもいいと言ったんだ」

信じられない、とばかりに目を見開いている彼に、高沢は同じ言葉を繰り返すと、それでも尚信じられないのか呆然《ぼうぜん》としている早乙女の肩を摑んだ。

「俺も香港に行く」

「なんだって!?」

早乙女がまたも素っ頓狂な声を上げ、これ以上ないほどに目を見開いてみせる。

「俺も行くよ」

高沢が同じ言葉を繰り返して笑い、早乙女の肩を摑む手に力を込めた。

自分が早乙女にできることは、彼に抱かれることではなく、彼を犬死にさせないことだ――それが高沢が自らに下した決断だった。

「…………」

呆《ほう》けたように己を見つめる早乙女を前にした高沢の頭の中では、いかにして二人で香港に乗り込むか、その計画が早くも組み立てられ始めていた。

7

早乙女と共に香港へ向かうことを決意した高沢は、まずそれを早乙女経由で寺山に報告し許可を得た。

寺山にとって高沢の申し出は予想外だったようで、早乙女の前で相当驚いてみせたそうだが、「好きにすればいい」とすぐに許可は取れたという。

早乙女からその話を聞いた高沢は、寺山にとっては自分は目の上の瘤《こぶ》だろうから、渡りに舟というくらいのものなのだろうと肩を竦《すく》めた。

「しかし、どうやって香港に入るよ」

意気消沈していた早乙女は、今やすっかりやる気を取り戻していた。死を覚悟していることに変わりはないが、犬死にはすまいという気概が感じられる。

「八木沼組長に力を借りようかと思う」

「……八木沼組長か……」

独力ではとても香港で趙の命を狙うことなど無理だと高沢は思っていた。八木沼なら櫻内の仇討ちのために力を貸してくれるという彼の読みは決して外れてないと思われるにもかかわらず、早乙女はあくまでも「それはちょっと」と抵抗した。

「組に知れたらえらいことになる」

「八木沼組長が信じられないとでもいうのか」

組に知れるというのはそういうことだろうと高沢が言うと、

「そうじゃねえけどよ」

早乙女は慌てて首を横に振ったが、彼にとってはどうも自分の組の力を借りずに、岡村組若頭に頼るのには抵抗があるようだった。

彼の感じる抵抗は、高沢にもわからないでもなかった。自分は外注のボディガードに過ぎないが、早乙女は菱沼組《ひしぬまぐみ》の構成員である。ヤクザにとって所属する組とはすなわちアイデンティティーの根本ともいうべきものであろうから、それを今は忘れろといっても難しいとはわかっていたものの、『目を瞑《つぶ》れ』と言うより他に道はないものと思われた。

が、翌日、思わぬところに道が開けた。日本を発《た》つ前にやはり一度挨拶《あいさつ》に行こうと、高沢は朝から一人奥多摩《おくたま》の練習場を訪れたのだが、銃を撃つより前に三室《みむろ》に「来い」と声をかけられたのである。

三室は高沢を彼の住居である離れへと連れていった。かつて酒を酌《く》み交わした三室の自室で二人向かい合って座ったそのとき、

「失礼します」

声と共に静かに襖《ふすま》が開いたかと思うと、金子《かねこ》が――三室の愛人であるという噂の若い衆が盆に茶を載せて現れ、手早く出したあとまたすぐ部屋を出ていった。

「…………」

やはり綺麗《きれい》な顔をしていると思いながら金子を目で追っていた高沢は、三室に声をかけられ我に返った。

「まさかとは思うが、あの馬鹿げた噂を信じたわけではあるまいな」

「いえ、それは……」

苦笑して問いかけてきた三室に高沢は慌てて首を横に振ったが、歯切れの悪い答えになってしまったと反省した。

「信じられませんでした」

それゆえ言い直した高沢の前で、三室の顔がまた苦笑に歪《ゆが》む。

「信じられないが、事実だと思っているということか」

「いえ、そういうわけでは……」

言い方が悪かったか、と高沢がまた慌てて言葉を足そうとしたのに、三室がぷっと吹き出した。

「冗談だ」

「……はあ……」

何が『冗談』なのかと高沢は心の中で首を傾げた。三室が『あの馬鹿げた噂』と言ったところをみると、金子は彼の愛人ではないということだろう。それが『冗談』だというわけではあるまいな、などと彼が考えているのがわかったのか、三室はくすりと笑いを漏らしたあと、その金子の淹《い》れた茶を啜《すす》った。高沢も彼につられ、目の前に置かれた茶碗《ちゃわん》を取り上げる。

「今日はどうした」

かたん、と茶托《ちゃたく》に茶碗を下ろしながら、三室が今までの会話など忘れたように、いつもの穏やかな口調で問いかけてくる。

「随分来られなかったので……」

銃も撃ちたかったし、という高沢の答えはまったくの嘘ではなかったが、真実でもなかった。

犬死にはすまいと思ってはいたが、香港へと渡れば生きて再び日本の地を踏める確率は著しく低いことは高沢にもわかっていた。

死ぬ前に会いたい人間を思い浮かべたとき、真っ先に櫻内が浮かんだが、相変わらず彼はＩＣＵに入ったままで面会することがかなわない。

櫻内の次に高沢の頭に浮かんだのが三室だった。警察にいた頃も、こうしてボディガードになったあとも三室には非常に世話になった。その礼を言うためというよりは、自分と同じく銃に魅入《みい》られているというシンパシーが高沢の足を奥多摩に向けさせたという感はあったが、どちらにせよ三室には挨拶をしてから旅立とうと高沢は心に決めていた。

「そうか」

三室はそっけなく相槌を打ったあと、また茶碗を取り上げ、ずず、と茶を啜った。これはバレているな、と高沢が肩を竦めたそのとき、予想どおりの言葉が三室の口から発せられた。

「鉄砲玉を志願したそうじゃないか」

「志願したのは鉄砲玉じゃないんですが」

やはり知っていたか、と思いつつ言葉を返した高沢に、

「『鉄砲玉の同行者』に志願したとでも？」

三室はそう笑い、かたんと音を立てて茶碗を置いた。

「同じことだろう。まさか死ぬつもりじゃないだろうな」

顔は笑っていたが、高沢を見据える三室の瞳には真摯な光が宿っていた。

「死ぬことは考えていません」

高沢もまた真っ直《ます》ぐに三室を見据え、きっぱりそう言い切ってみせる。まるで睨《にら》み合うかのようにじっと互いを見つめたまま、暫《しば》し時が流れた。

「……そうか」

先に目を逸らせたのは三室だった。くすりと笑うと俯き、また茶碗を手に取ろうとして空《から》になっていることに気づく。

「金子、茶を」

三室が襖の方へと顔を向けさほど大きくもない声をかけたのに、音もなく襖が開いた。

「失礼します」

深く頭を下げて寄越した金子の、襖の向こうで待機していたとしか思えぬ素早さに高沢は啞然《あぜん》として彼を見やった。少しも人の気配を感じなかったためである。

「どうぞ」

急須の載った盆を手にしずしずと部屋へと入ってきた金子が、まず高沢の、そして三室の茶碗に茶を注《つ》ぎ足すとまた「失礼します」と深く頭を下げ部屋を辞す。

「……彼は一体……」

何者なのだ、と高沢が問おうとしたとき、おもむろに三室が口を開いた。

「三日後に香港で日中の外相会談が行われる」

「え？」

何を言い出したのだ、と問い返した高沢の前で三室は茶を啜ったあと再び口を開いた。

「香港国際空港着が午後二時。日本の外相を迎えるにあたり空港内の警備はこれでもかというほど強化される。それを狙って香港入りすればいい」

「……なるほど……」

その状況では、空港を一歩出た途端に銃撃される危険はあるまい、と高沢は感心して頷いた。実は高沢もいかにして香港入りするかに頭を悩ませていたのだった。出入国やエアラインの乗客名簿を調べ上げることなど、趙らにとっては造作ないに違いない。香港入りした途端、先日の櫻内一行のように襲撃に遭うおそれは充分ある——というよりも、遭わないわけがないとまで高沢は覚悟していた。

いっそのこと偽造パスポートでも入手しようかとまで考えていたのだが、その手があったか、と三室の慧眼《けいがん》に高沢は思わず感心してしまった。だが、『慧眼』はそれだけにとどまらなかった。

「香港入りしたら、金《ジン》という男を訪ねるといい。闇社会に通じた男で、武器だろうが車だろうが、ああ、情報だろうがなんでも便宜を図ってもらえるよう、先ほど話を通しておいた」

「え？」

あまりにもあっさりと言われたために、高沢は最初三室の言葉すべてを把握することができなかった。

「あの、それは……」

どういうことなのだ、と問い返した高沢にかまわず、三室がポケットから取り出した紙片を高沢に差し出してくる。

「これが金の連絡先だ。香港行きの航空券は明日までに用意する。松濤《しょうとう》の家に届けさせよう」

「教官……」

ようやく高沢の理解が追いつく。三室が自分らのためにありとあらゆるお膳立てをしてくれたのだと気づいた高沢の口から、驚きの声が漏れた。

「生きて帰って来い」

三室が笑い、紙片をすっと高沢の前に放ったあと、その手を真っ直ぐに高沢に差し出した。

「はい」

大きく頷き、高沢が三室の手をぎゅっと握り返す。

「ありがとうございます。正直途方に暮れてました」

「礼を言われるほどのことはしていないよ」

高沢が三室の手を離し深く頭を下げたのに、三室は苦笑するように笑い、またも茶を啜った。高沢もまた茶碗を持ち上げ一口啜る。

暫くの沈黙が流れたあと、何を思ったのか問われたわけでもないのに三室がぽつりぽつりと話し始めた。

「金は俺の古い知り合いで、信頼に足る男だ」

「そうですか」

頷きながらも高沢は、三室は何を言いたいのかと内心首を傾げていた。金という男との関係など知らずとも、三室が紹介してくれた男を自分が疑うわけがない。それは三室にもわかっているだろうにと思っていた高沢は、続く三室の言葉の意外さに、思わず目を見開いた。

「あの金子の戸籍上の親だよ」

「……そう、ですか」

他に相槌の打ちようがなくただ頷いた高沢に、三室はくすりと笑い、また茶を啜った。

再び二人の間に、沈黙が流れる。

三室は何を言おうとしたのか——わざわざ『戸籍上』と言ったのは、金子が金の本当の子供ではないと説明したかったのだろうということくらいは理解できたが、なぜにそれを自分に説明するのかはわからなかった。

「あの」

問いかけようと顔を上げた高沢と三室の視線がぶつかる。と、三室は一瞬なんともいえない顔をしたあと、すぐ笑みを浮かべ、高沢を仰天させるようなことを口にした。

「実の父親は俺だ」

「え？」

自分でもあらゆる感情面において鈍いという認識を持っている高沢が、滅多に動揺することはない。が、三室のこの爆弾発言ともいえる言葉にはさすがの彼も動揺を禁じ得なかった。

「息子さんなんですか……」

「ああ、愛人ではないよ」

驚きのあまり思わず問い返した高沢に、三室が苦笑しながら答える。

「すみません」

心の内をしっかり見透かされていたかと頭を下げた高沢に「かまわない」と首を横に振ると、三室はぽつぽつと独り言のように事情を説明し始めた。

「二十数年前、仕事に明け暮れ家庭を顧みない俺に愛想を尽かして妻が家を出た。香港に渡り金と再婚したが、日本を出るときに彼女は既に身ごもっていた、それがあの洋明《ひろあき》というわけだ」

「……そうですか……」

三室は妻に先立たれたのだとばかり思っていたが、生別だったのか、と高沢は内心の驚きを隠しつつ、静かに相槌を打った。

しかし愛人とは信じがたかったが、まさか息子であったとは、と先ほど茶を淹れに来た金子の顔を思い起こす。

女性的な綺麗な顔をしていたように思うが、三室とはあまり似ていない気がする。母親似だったのだろうかと考えていた高沢は、三室がまた口を開いたのに意識を彼へと戻した。

「お前には関係のない話を長々としてしまった」

すまなかったな、と三室は笑い茶を啜る。

「いえ……」

高沢も茶に手を伸ばしながら、ふと気になり三室を見た。

「なんだ」

「いえ……」

三室は金を信用に足る男だと言っていたが、二人の関係とは、妻を介してのものなのか、それともそれ以前に親交があったのか。

後者だとするとなかなかに複雑な関係だと思いはしたが、単なる好奇心でしかないこの疑問を高沢は本人に問い質す気にはなれなかった。

「なんでもありません」

それゆえ首を横に振った彼を三室は一瞬凝視したが、やがてふっと微笑みこう告げた。

「生きて帰ってこい」

「はい、必ず」

きっぱりと答え頷いた高沢に、三室もまた頷き返すと、再び襖に向かい声をかけた。

「金子」

「はい」

またも音もなく開いた襖の向こうに正座していた金子が頭を下げる。

「お送りしてくれ」

「かしこまりました」

三室の指示に金子はさらに深く頭を下げると、すっと視線を高沢へと移した。

「それでは」

高沢はもう一度三室に深く頭を下げたあと立ち上がった。金子が彼に会釈をし、こちらへ、というように身体を引く。

高沢が廊下へと出ると金子は素早く立ち上がり、また会釈をして高沢の先に立つと玄関へと向かい歩き始めた。

高沢の靴《スニーカー》は既に三和土《たたき》に並べられていた。玄関先に腰掛け、紐《ひも》を結びながら高沢は、金子の視線がじっと己の背に注がれているのを感じていた。

「それでは失礼します」

靴を履き終え、振り返って頭を下げた高沢の耳に、細い金子の声が響く。

「あの……」

「はい？」

まさか話しかけられるとは思わず、驚いた高沢が顔を上げると、入れ違いとばかりに金子が彼に深く頭を下げて寄越した。

「現地で父がお役に立てますよう、祈っております」

「……え？」

最初高沢は金子の言う『父』を三室だと思い意味を計りかねたのだが、すぐに育ての親の金のことを言っているのかと気づいた。

「ありがとうございます」

礼を言いながらも高沢は、金子に話しかけられたことを実は内心驚いていた。顔を合わせてまだ二度目だが、常に三室の傍《かたわ》らにひっそりと控えているというイメージが強く、こうして積極的に声をかけるような人物であるとは思えなかったためである。

それゆえ踵《きびす》を返した背に「あの」と再び金子の声が響いたのに、高沢は驚きも新たに彼を振り返った。

「あの、父ではないですから」

振り返った途端、高沢の目に酷く思い詰めた表情をした金子の顔が飛び込んでくる。

「はい？」

一体彼は何を言いたいのか、やたらと真摯なその顔からも言葉の内容からも推し量ることができずに問い返した高沢に、金子の切々とした口調の訴えは続いた。

「三室教官は私の父ではないのです。教官はそれをわかって尚、私をお傍《そば》に置いてくださっている」

「あの？」

堰《せき》を切ったように話し始めた金子に、わけがわからないと高沢は声をかけたのだが、金子の言葉はとまらなかった。

「日本に来るまでは私も教官を父と思っていたのです。だがそれはあり得ないことだとわかった。それでも教官は私を子と呼んでくださる。香港に戻れと追い返されても文句は言えない赤の他人の私を息子と……」

「申し訳ない。話がまったく見えないんだが」

喋っているうちに己の言葉に次第に興奮してしまっていたらしい金子だったが、高沢がそう声をかけると、はっと我に返った顔になった。

「大変失礼しました」

慌てて深く頭を下げてきたのに、

「いや」

謝罪するようなことではない、と高沢は首を横に振りながらも、改めてどういうことか、金子に問い質《ただ》そうかと思っていたのだが、金子にそのつもりはなさそうだった。

「どうかしていました。とんだ失礼をいたしまして……」

再び深く頭を下げたまま顔を上げようとしない彼の様子からそれを察した高沢は、気にはなるものの無理に聞き出すのも何かとこのまま辞することにした。

「それでは」

軽く頭を下げ踵を返した高沢の背に、細い金子の声が響く。

「どうぞお気をつけて」

「ありがとう」

礼を言うのに高沢は肩越しに彼を振り返ったが、金子の頭が上がることはなかった。

帰りの車の中で、高沢は三室の話と金子の話をかわるがわるに思い起こしては、一人首を傾げていた。

金子は三室の子供か否か、実際のところはわからない。更にわからないのは金子が自分に『三室は父ではない』と訴えてきたことだと、高沢は金子の酷く思い詰めた顔を頭に描いた。もしや彼は、自分が子供ではなく愛人だと主張したかったのだろうか、とも思ったが、そうだとしてもなぜ主張する相手が自分なのかがわからない。なんとなくもやもやとすっきりしないしこりが高沢の胸には残っていたが、今はそれどころではないか、と頭を振って思考を香港行きへと切り替えた。

さすがは三室としかいいようがなかった。今回三室の許を高沢が訪れたのは力を借りたいという趣旨ではなかったにもかかわらず、三室は何を頼むより前から高沢のために万全の準備を施してくれていた。

有り難いことだ、と高沢は心の中で改めて三室に両手を合わせ、三日後に迫った出発のときを思い緊張感を募《つの》らせた。

翌日、金子が高沢と早乙女、二人分の航空チケットを届けに松濤の屋敷を訪れた。前日あれだけ饒舌《じょうぜつ》だったにもかかわらず、金子は必要以上のことはひとことも喋らず「教官によ

ろしくお伝えください」という高沢の言葉にもただ、

「かしこまりました」

と頭を下げただけだった。

航空券はエコノミークラスだった。観光客の中に埋没させようという三室の意図を汲《く》み、高沢は早乙女にいつもの服装はやめて学生のようななりをするよう勧めた。

「かっこつかねえじゃねえか」

早乙女の抵抗は凄《すさ》まじかったが、「死にたいのか」と高沢に脅されようやく折れた。いつもオールバックにしている髪を下ろし、ド派手なスーツから地味なシャツとジーンズという服装に着替えた姿は、本人からすると「憤死するほど恥ずかし」かったらしいが、一見ヤクザには見えない上に、年相応でいいじゃないかと高沢は合格点を出した。

鉄砲玉を命じたきり、渡航手段や現地での武器調達など、手を貸す素振りを少しも見せなかったにもかかわらず、口だけは出すということか、寺山からは連日報告を求める電話が入った。

「無事香港入りできたら連絡します」

彼ら若頭補佐たちのやりかたに高沢は腹立ちを覚えていたこともあり、また、おそらく三室は組には内緒で動いたのだろうと予想もしたので、詳細は一切語らずただそう答えるに留《とど》めていた。

いよいよ香港入りする日も、高沢は誰にそれを告げることもなく、まるで奥多摩の練習場にでも出向くような素振りで松濤の家を出た。

車も高沢自身が地味な国産車を運転し、途中変装した早乙女を拾い空港を目指した。

手荷物が何もないというのも怪しまれるだろうということで、小さいボストンバッグをそれぞれに持ってはいたが、中には着替えが数着入っているだけだった。

「いよいよか」

早乙女が興奮したように呟く。

「あんた、海外行ったことあんのか？」

上がりきったテンションは喋って発散しようとばかりに、空港までの道すがら早乙女はうるさいくらいに高沢に話しかけてきた。

「少しはね」

「どこに行ったんだよ」

「アメリカと……ああ、返還前の香港にも行ったな」

出席できなくなった同僚の代理で、香港で開かれた警察関係のセミナーに参加したことがあった、と思い出し答えた高沢に、

「香港、行ったことあんのか」

俺はねえんだ、と早乙女のおしゃべりは続いた。

「どんなトコだ？」

「さあ、殆《ほとん》ど会場のホテルから出なかったからよくわからない」

「なんだよ、役に立たねえ体験だなあ」

身を乗り出していた早乙女が、がっかりした声を上げる。

「香港は初めてか？」

早乙女につられたわけでもないのだが、高沢の口もいつになく滑《なめ》らかだった。彼もまた早乙女同様、気持ちが高揚していたためと思われる。

「おうよ。初めてだ。韓国には数え切れねえくらい行ってるんだけどよ」

近《ちけ》ぇしな、と言う早乙女の顔がにやけているのは、旅先でそれなりに『楽しんで』いるからだろう。高沢はそれを察し、からかってやろうかと思ったが、我ながら浮かれすぎかと自重し思うだけに留めた。

香港で外交会議に参加する要人たちの専用機は羽田から飛ぶため、成田空港の警備はいつもとそう変わらない。とはいえ各国で勃発するテロ対策もあり出国にはかなり時間がかかった。機内もビジネス、エコノミー共にほぼ満席で、これなら目立たず入国できると高沢は安堵の息を漏らした。

五時間後、高沢らの乗った飛行機は無事に香港国際空港に到着した。前に来たときには空港が違ったような気がする、と、覚束《おぼつか》ない記憶をたどりつつ、入国手続きを済ませてゲートを出る。途端に目に飛び込んできた、これでもかというほどの警官たちの姿に、この警備網を突破することはさすがの趙をしても難しかろうと高沢が唸《うな》ったそのとき、一人の初老の男がにこにこ笑いながら近づいてくるのに気づいた。

「…………」

金か、と予測をつけたものの、趙の手の者ではないという保証はない。緊張しつつ向かい合った高沢に男はにっこり笑うと、なんと日本語で話しかけてきた。

「タカザワさんね。私、金です。ミムロさんから聞いてるよ。ああ、これが私の身分証明書」

言いながら金が高沢に向かい、免許証を差し出してくる。

「このたびはお世話になります」

高沢が頭を下げたちょうどそのとき、ゲートから無事入国できた早乙女が出てきた。

「おい」

きょろきょろしている早乙女に高沢が声をかける。

「サオトメさん、こんにちは。金です」

「どうも。早乙女です。よろしくお願いいたします」

早乙女もヤクザの端くれ――などと言うと彼は烈火のごとく怒るだろうが――礼儀正しく頭を下げたのに、金は「よろしく」と頭を下げ返すと「いきましょう」と二人を伴い歩き始

めた。

「まず、お二人滞在するアパート、ご案内します。食事は私の身内が用意しますのでご心配なく。そこに必要なもの、全部揃えてあります」

にこやかに笑い、そう説明しながらも、金の目が周囲を満遍なく窺《うかが》っていることに高沢は気づいた。

「……来てますか？」

高沢もまた周囲に目を配りつつ金に尋ねる。

「どうでしょう。来ていたとしても、手を出してはこないでしょう」

金はなんでもないことのようにそう笑うと、「こっちです」と二人を空港のエントランスへと導いた。

「乗ってください」

用意されていたバンには、日本の旅行会社のロゴが入っていた。三人が乗り込むとすぐ車は発進したが、背後に目を配っていた高沢は、誰からもつけられている様子はないことにほっと安堵の息を吐いた。

「お二人とも、香港来たことはありますか」

助手席に座った金が後部シートを振り返り、陽気に声をかけてくる。

「はい。一度。返還前でしたが」

「初めてです」

高沢と早乙女、それぞれが答えたのに「そうですか」と金はいっそう破顔すると、

「こういうときじゃなかったら、いろいろとご案内したいですが、まあ、せめておいしい中華料理、食べていってください」

そう言い、片目を瞑ってみせた。

「返還前も返還後も、あまり雰囲気変わりません。お二人最後に案内するのは、灣仔《ワンチャイ》だけど、尾行がつくかもしれないので、何カ所かで車、変えます。おそらく大丈夫、思うのですが、念のためね」

観光するつもりで楽しんでください、と笑う金の顔は穏やかだったが、相当の場数を踏んできた男のようだと高沢は彼の口調や、笑顔になると殆ど線のようになる目が湛《たた》えている鋭い光からそう判断した。

中国黒社会にも顔がきくという話だったが、一体彼はどういう人物なのだろうと高沢が考えているのを察したのか、

「自己紹介をしましょうか」

金はまたにっこりと彼に笑いかけてきた。

「いろんなことやってます。会社もいくつかやってますが、主な仕事はアドバイザー……いろいろ仲介することが多いです」

あとから高沢は、金が香港でも有数の資産家である上に、政府高官から黒社会のボスまで幅広い人脈を保持し、香港の表社会、裏社会両方に小さいとはいえない影響力を持つといわれる傑物《けつぶつ》であることを知るのだが、その知識がなくとも彼の、物腰が柔らかそうでいて少しの隙《すき》もない仕草や、穏やかなようでいて底知れぬ迫力を秘めた声などから、かなりの人物であるということは窺い知ることができた。

「他に何か、聞きたいこと、ありますか」

その上金はサービス精神も旺盛のようで、高沢らにそう気を遣ってくる。車中退屈しないようにといろいろと話しかけてくれているらしい彼に、高沢はこれは聞いてもいいものかと思いつつ問うてみた。

「差し支《つか》えなければ、三室教官との関係を教えていただけますか」

「さしつかえ、あるわけがありません」

気にしないでください、と金は大仰にも見える素振りで大きく首を横に振ったあと、にこやかな顔のまま答えてくれた。

「私、若い頃、日本にいました。そのときお世話になった」

「そうなんですか」

日本で三室に世話になったということは、と頷いた高沢に金もまた頷き返すと、少し照れた顔で言葉を続けた。

「若いうちはみんな、血の気が多い。私もジャパニーズヤクザ相手に、随分無茶しました。ミムロさんがいなければ、死んでいたでしょう。命の恩人です。だから、ミムロさんの頼み、私なんでも引き受けます」

「ありがとうございます」

高沢はここで深く頭を下げたのだが、彼の脳裏には三室に聞いた話が渦巻いていた。

三室の妻は三室に愛想を尽かし、香港に渡って金と再婚したという。まさかそれも三室の『頼み』だったというわけではないだろう——さすがにそれは確かめられないかと、浮かんだ考えを頭の奥へと押し戻した高沢の耳に、まるで独り言のような金の言葉が響く。

「ミムロさんのためなら、私、なんでもします。なんでもね」

金は今、フロントガラスのほうを向いていた。表情を見ることはできなかったが、そう呟く彼の口調には、なんともいえない想いが籠《こ》もっているように高沢の耳に響いた。

三室と金、そして金子——多分彼らは、彼らにしかわからない絆《きずな》で結ばれている。部外者の自分が立ち入るべき問題ではない、と高沢は金の後ろ姿からすっと目を逸らすと、話が見えないせいだろう、すっかり退屈した様子で外の景色を眺めている早乙女をちらと見やったあと、彼とは反対の窓の外へと視線を向けた。

いよいよ敵地、香港に降り立ったとはいえ、これから目当ての趙に辿り着くまでには、相当時間と手間がかかりそうである。

一番手っ取り早い方法はやはり――高速道路を比較的スムーズに走っているバンの中で高沢は、既に頭の中で組み立てつつあった趙暗殺の手順を一人反芻《はんすう》していた。

8

金が高沢らに用意してくれた香港での滞在先は、香港島は灣仔に最近出来たという高層かつ高級なアパートメントだった。セキュリティも万全で、建物はオートロックの上にエントランスには二名の警備員が常駐している。香港の富裕層または海外駐在員のトップが居住するようなその場所は、高沢や早乙女が『アパート』という言葉から連想していた部屋とはかなりギャップがあり、二人してぽかんと口を開け高級ホテルの客室と見紛《みまが》う室内を見やってしまった。

「セキュリティ、万全です。あなたたちは私の客人と伝えてありますから、ボディチェックされることはない。安心してください」

英語部分だけやたらと発音はいいが、日本語は少し覚束ないという口調で金はそう言うと、室内に控えていた若い男に目配せをした。

「これは私の一番下の弟。光宇《コワンユ》といいます。あなたたちの食事やもろもろの世話は彼がします。なんでもお申し付けください」

「よろしくお願いします」

金とは親子ほどの年齢の差があると思われるその光宇という若者が明るく笑って頭を下げる。言われてみれば目のあたりが金と似ていなくもない彼が早速茶を淹れに下がったあと、金が室内を案内し始めた。

「こちらがベッドルーム。二つあります。それぞれにバスルームついてます」

メインのベッドルームとゲストルーム、どちらも豪奢《ごうしゃ》としかいいようのない部屋で、それぞれにダブルサイズのベッドが置かれていた。

金がメインのベッドルームの、壁に作り付けてあるクローゼットへと近づいていき、扉に手をかける。

「ここに武器、用意してあります」

金が扉を開いた、その中を見た高沢と早乙女の口から驚きの声が漏れた。

クローゼットの中はまるで武器庫の様相を呈していた。短銃だけでなくマシンガンやグレネードランチャー、併せ数十丁の他に、手榴弾《しゅりゅうだん》や閃光弾《せんこうだん》、それに防弾チョッキが所狭しと並んでいる。

「すげえ……」

早乙女がごくりと喉を鳴らす横で、高沢もまた整然と並ぶ武器類を啞然として見つめていた。

「車も車庫に二台、用意してあります。光宇に運転させても、自分で運転するのでもＯＫです。国際免許ないというのなら、偽造免許証用意しましょう」

他に何か入り用のものがあったら、なんでも言って欲しいという金に、高沢は深々と頭を下げた。

「何から何までありがとうございます」

「気にしないでください。この程度のモノを用意するの、私にとって造作もないことです」

金の日本語が覚束ないのは普段日本語を使うチャンスがないからで、『造作もない』などという表現をするところをみると、言語に対する理解はかなりのものだと思われる。が、彼の言語能力以上に高沢は、これだけの武器類を集めるのを『造作ない』と言い切ることに、驚きを禁じ得なかった。

「モノ以外でも、私、タカザワさんの役に立てると思いますよ」

金がにっと笑って高沢を見る。どういうことだ、と問い返そうとした高沢は、続く金の言葉に驚きを新たにすることとなった。

「必要なら、趙にコンタクト取れるよう、段取りを整えましょう」

あたかも『造作もない』ことのように言い放った金は相変わらず柔和な顔をしていたが、彼の目に宿る光は高沢を震撼《しんかん》させた。

「何か作戦、考えていますか」

リビングに場所を移した三人は、光宇が淹れてくれた茶を飲みながら今後いかに動くかを話し合い始めた。

「一応考えてはいます」

頷いた高沢に金は「少し、安心しました」と笑ったあと、あたかも世間話でもするかのような淡々とした口調で中国黒社会での趙のポジションを説明し始めた。

「三合会《さんごうかい》というのが香港では一番大きな団体です。趙はこのところめきめきと実力をつけてきた新規参入組で、やり方が強引なために長老たちの中には眉を顰めている者もいます。三合会の美風『忠心義気』の精神に反しているからです」

金はそう言い、眉を顰めてみせた。彼自身も趙に対してはあまりいい感情を持っていないとみえると思いつつ高沢は頷き、話の続きを待った。

「もともと三合会系組織同士には上下関係はありません。とはいえ、それは若者が礼儀を顧みず好き勝手していいということではありません。特に先日の趙の日本襲撃、あれはかなり系列組織内で物議を醸し出しました。日本は黒社会組織が皆、魅力を感じている市場です。ある程度足並みを揃えて取り組もうということが暗黙裏の了解となっていたにもかかわらず、趙が一人飛び出した。その上彼は失敗しました。今、巻き返しを図っているようですが、ジャパニーズヤクザに香港黒社会が再び敗退するようなことになれば、ますます組織内での彼の立場は悪くなるでしょう」

敗退してもらわないとあなたは困るでしょうが、と金は高沢に笑いかけ、相槌の打ちようがなく黙った彼に「これは失礼」とぴしゃりと額を掌《てのひら》で叩いた。

「無駄なおしゃべりが過ぎました。趙の組は今非常に勢いがあるということを言いたかった。そうでなければ長老たちが目の敵にもしないでしょう。彼の組織には年長者は殆どいない。命知らずの若者しかいません。趙はそうした若者の心を摑むのが実に上手《うま》い。彼のためなら死ねると豪語する連中に囲まれています。そんな中、正面から切り込むのは危険だと思ってました。タカザワさん、あなたどんな作戦考えたのか、私に説明してくれますか」

回り道した分を取り返そうというつもりなのか、金がずばりと核心を突いた問いを発してくる。横で早乙女が不安そうに己を見つめている視線を感じながら、高沢は日本にいる間から温めてきた計画を話し始めた。

「趙が最も信頼しているのは弟であり、趙の組をここまで大きくした立役者でもある、スナイパーの琳君《リンジュン》だと聞いています。琳君をこちらに引き込めれば勝算はありかと」

「しかしあの兄弟の絆は固いですよ。琳君は趙の異母弟ですが、彼こそが絶大なる趙の心酔者です。なんといっても兄のために百名を越す人間を殺しています。その琳君を引き入れるのは困難……いえ、不可能ではないでしょうか」

金が遠慮深く、だがきっぱりと高沢の案を退ける。

「琳君は今、西村《にしむら》という日本人の男と行動を共にしています。この西村を人質に取れば彼もこちらの要求を吞むのではないかと思われます」

が、高沢がそう続けると、金は興味深そうな顔になり身を乗り出してきた。

「そういえばそういう噂を聞いたことある。日本人のチンピラ上がりの男と夫婦同然に暮らしていると」

「チンピラではなく、もと警視ですが」

『夫婦同然』という言葉に動揺したせいか、思わずぽろりと高沢が西村の経歴を漏らしたのに、

「なるほど、そういうことですか」

納得したように頷いた金は、高沢が眉を寄せたのに「いえね」と納得の理由を説明してくれた。

「随分前にミムロさんから、ニシムラという男について調べてほしいという要請があったのです。そのときには調べきれなかったのですが、そのニシムラが琳君の今の愛人だというわけですね」

「おそらく」

高沢は頷いたが、やはり『愛人』という言葉にはなぜかひっかかりを覚えてしまっていた。

高沢自身の目にも、琳君と西村の関係は特別なものだと映ってはいた。それゆえ彼は西村を人質に取るという作戦を思いついたのだが、改まって西村が琳君の『愛人』だと言われてしまうと、果たしてそうなのだろうかという疑問を持ってしまう。

だが今の自分には、時間的にも心情的にもその疑問を追求する余裕はないのだと高沢は早々に思考を切り上げると、今後の計画を話し始めた。

「私が囮《おとり》になり、西村を呼び出し捕らえます。西村から琳君に連絡を取らせ、琳君に趙の居場所への案内役となってもらう、そう考えています」

「なるほど。琳君が動く確率は、どのくらいだと思います？」

金が探るような視線を高沢へと向ける。

「八割……いや、九割、動くと思います」

「それは高確率ですね」

高沢の答えに金が笑い、彼の細い目がまた線のように細められた。

「わかりました。タカザワさんがそこまで仰《おっしゃ》るのでしたら、その作戦に乗りましょう。ニシムラを呼び出せばいいのですね？」

「え？」

金にあっさりそう言われ、高沢が戸惑いの声を上げる。

「違いますか？」

「いえ」

きょとんとして金が問い返してきたのに、違わない、と首を横に振りながらも高沢は彼に確認を取った。

「西村を呼び出すって、どうやるんです？」

「連絡先を調べます。電話はタカザワさんがしてください」

「……ああ……」

そういうことか、と高沢は納得して頷いた。琳君が関係者以外誰も知らないはずの高沢の携帯に電話を入れてくるのと同様、金の手にかかれば西村の携帯番号など容易《たやす》く調べ上げることができるのだろう。

「囮になどなる必要はありません。ローリスクハイリターンでいきましょう」

金がにやりと笑い、高沢に右手を差し出してくる。

「よろしくお願いします」

その手を握り返しながら高沢は、趙に確実に一歩近づいている自分自身を感じていた。

西村の携帯番号は約一時間後に知れた。金が高沢たちの前で誰かに連絡を入れたあと、金の弟光宇が作ってくれた食事を三人で取っている間に彼の携帯に連絡が入ったのだった。

その後三人で西村をいかに捕獲するか、綿密な計画を立て始めたのだが、具体的に案を詰めていったのは主に金で、高沢は合理的かつ緻密《ちみつ》な金のプランに舌を巻いた。

高沢はもともと頭脳派ではなく行動派ではあるのだが、金はそれをあっという間に見抜いたようで、

「タカザワさんはどちらかというと、こちらですね」

と銃を撃つ真似をし、そのとおり、と高沢を苦笑させた。

計画を立てただけではなく、金は準備に一日欲しいと言い、午後八時頃に高沢たちの許を辞した。

「なんだか実感が湧《わ》かねえな」

香港にいるんだよなあ、と早乙女が高沢を見る。

「ああ」

「その上、明日には戦争おっぱじめようってんだろ。それもまた実感がない」

時差ボケかな、と唸る早乙女に高沢が思わず吹き出した。

「時差など一時間しかないだろう」

何を言ってるんだ、と笑う高沢を、早乙女が眩しそうに見つめてくる。

「今夜はゆっくり寝ることだ。すべては明日——生きるも死ぬも明日次第だ」

「そうだな」

高沢の言葉に早乙女が大きく頷き、気合いを入れるように己の頬を両手で挟んでばしっと叩く。

「ああ、そうだ。さっき留守電聞いたら、寺山の野郎が連絡入れろってうるせえんだが、入れたほうがいいかな」

「放っておけ。結果だけ知らせればいいだろう」

携帯電話の会話は盗聴されやすいこともあり、また、連絡など入れようものならどこで誰の世話になっているのか根掘り葉掘り聞かれるに違いないとも予測し答えた高沢に、

「そうだよな」

寺山には不快感しか抱いていない早乙女も同意し、二人はそれぞれの部屋に下がって休むことになった。

シャワーを浴び、ベッドに入ったあとも高沢は早乙女同様、明日すべてが動くという実感を持てずにいた。それでいて眠れないのは多分、無意識のうちに気分が高揚しているからだろうが、と矛盾する己の心と身体を自嘲し寝返りを打つ。

西村を呼び出し、人質に取るというのは、趙が櫻内に対して取ろうとしていた手そのものだった。西村をつかって高沢を呼び出し捕獲する——高沢が西村の呼び出しを受けた際、櫻内に連絡を入れたために逆に西村を捕獲し、趙への伝言を託すことに成功したのだが、その体験を共有している西村が果たして自分の誘いに素直に乗るかどうかと、今更のことを高沢は考えていた。

乗る、と読んだ自分の判断は誤っていないと思う。西村は必ず来る。自分同様、逆に高沢

を捕獲しようとするかもしれないが、西村が自分の呼び出しを無視しないということに関しては、高沢は揺るぎない自信を抱いていた。

その自信が何に由来するものかはわからない。高沢の耳にふと、己にそれを問うてきた三室の声が蘇った。

『お前にとって西村は、一体どういう存在なんだ？』

自分にとって西村の存在は――高沢の頭に走馬灯のように、出会いから最後に別れた日までの西村の顔が、彼と過ごした日々が浮かんでくる。

高校時代も、そして警察でも、西村は自分にとって一番近しい男だった。友人というものを持たない高沢が、唯一『友』だと思える男である。

西村も自分に対し、友情を感じていると思っていたのだが――高沢はここでまたごろりと寝返りを打ち、もう眠ろうと目を閉じた。思い出したくない出来事を思い出す予感がしたからである。

『……もしかしたら俺はずっと……こうしてお前を抱きたかったのかもしれない』

狂気を孕《はら》んだ西村の声が、高沢の耳に蘇る。

彼が自分に感じていたのは、友情ではなく愛情か――？

人の心の機微には疎いという自覚のある高沢だが、なんとなくそれはあり得ないような気がしていた。

少なくとも西村に犯されたときには、そうした温かな情感は、行為からもその身体からも少しも感じられなかったと、高沢はまた寝返りを打つ。

思い出したくないことほど、鮮明に蘇ってくるものだ、と高沢は溜め息をつき、記憶の底に封印してあるはずのあの夜のことを思い起こした。

櫻内失脚を狙う菱沼組の先々代の息子に拉致され、三下たちに輪姦《まわ》されたところをビデオに撮られてそれを櫻内に送られた。

その手引きをしたのが西村だった——男たちの精液に塗《まみ》れた自分を、西村もまた抱いたのだ、と高沢は、微笑《ほほえ》みながら淡々と自分を突き上げ続けた西村の顔を思い出した。

愛情のある相手にする仕打ちではないだろう——高沢の口から深い溜め息が漏れる。

そこまで酷いことをされているにもかかわらず、西村を憎む気持ちになれないことも、高沢は不思議に感じていた。

己の感情に『不思議』を感じるのは矛盾しているとわかるのだが、西村を前にしてもなぜか憎悪を覚えない。まだ自分にとっては彼は『友』なのだろうかと、高沢は己の心を振り返ってみたが、答えを見出《みいだ》すことはできなかった。

堕《お》ちてゆく彼を見るのが辛《つら》いと思うのは、友情の表れなのかもしれないが——ヤクザの愛人をしている自分に『堕ちてゆく』などと言われたくはないだろうと苦笑し、高沢はいい加減眠ろうと目を閉じる。

友情でもなんでもかまわない。今自分にとって西村は、趙暗殺を成功させるための駒の一つに過ぎないのだ。

己に強くそう言い聞かせる高沢の胸に、懐かしい友の顔が浮かんだと同時に一抹《いちまつ》の罪悪感が芽生えたが、その顔も、罪悪感もすぐに霧散してゆき、彼の眠りを妨げることはなかった。

翌朝十時に金が部屋を訪ねてきた。

「準備ができました」

昨日立てた計画を実行するのに全ての下準備が整ったという金に、高沢は改めて礼を言ったあと、いよいよその一歩を踏み出すことにした。

まず最初に西村の携帯に電話を入れる。携帯電話は琳君が既に番号を知っている高沢自身のものを使用することになっていた。

昨日渡された携帯番号に電話をかける。二度、三度、とコール音が響くのに、怪しまれたか、と高沢の胸が嫌な感じでどきりと脈打った。

西村が高沢の呼び出しに応じてくれなければ、計画はその時点で頓挫《とんざ》する。頼む、せめて電話に出てくれと願いながら、五回目の呼び出し音を聞いていた高沢の耳に、

『もしもし』

聞き覚えのある彼の——西村の声が響いた。

「俺だ」

よかった、と心の中で安堵の息を吐き、高沢が呼びかける。

『今、どこにいる？』

西村が少しも驚いていないことに、逆に高沢が驚いていた。まずどうやって携帯の番号を調べたのかを聞きそうなものなのに、西村はそれこそまるで昨日別れたばかりのような——その上、あたかも友好関係を保っているかのような口振りで、高沢に問いかけてくる。

一体彼は何を考えているのか——冷たい汗が高沢の腋《わき》を流れたが、気を呑まれては負けだと携帯を握り直した。

「香港だ。お前に会いたい」

『光栄だな。出て来られるか？』

やはり西村には少しの動揺も見られない。どういうつもりだと緊張を高めつつ、高沢は計画どおりことを進めようと口を開いた。

「いや、お前に出て来てほしい。今晩。時間と場所はまた連絡する」

『今晩？　すぐ来いよ』

西村が不満そうな声を上げたのに「今晩だ」と繰り返し、高沢は電話を切った。

「どうでした」

金が、そして早乙女が緊張した面持《おもも》ちで尋ねてくる。

「……それが……」

高沢は西村がまったく驚いていなかった以外は、計画どおりだと二人に伝えた。

「フツー、驚くだろ」

気味悪《わり》ぃなあ、と早乙女は大仰に顔を顰《しか》めたが、金は落ち着いたものだった。

「多分、タカザワさん、あなたが香港入りしたという情報が流れているんでしょう。それにニシムラについては少し、気になる噂も聞きました」

「気になる？」

どんな噂だと問い返した高沢は、金の答えに衝撃を受け息を呑んだ。

「重度の麻薬常習者だそうです。琳君の周辺からも不満の声が上がっているとか」

「麻薬？」

そんな馬鹿な、と高沢は声を荒らげかけたが、言われてみればたった今聞いたばかりの西村の声は、麻薬常習者のそれと言われても少しも違和感がなかった。

「…………」

そんな馬鹿な——再び同じ言葉を心の中で繰り返す高沢の脳裏に、狂気を孕んだ目をしていた西村の顔が蘇る。

高沢の知る彼は、何があっても薬に逃げ込むような男ではなかった。覚醒剤《かくせいざい》が頭も身体も、そして精神をも滅ぼすことを、もと刑事である西村は誰より知っているであろうに、なぜに常習者になどなったのか。

もう西村は、自分の知る彼ではないのだろうか——高沢の頭に初めてその考えが、実感を伴ったものとして浮かんでいた。

薬に毒されたその外見は西村であっても、中身はもう西村本人ではない。これから彼を捨て駒にしようとしている自分にとってはそのほうが有り難いな、と高沢は一瞬天を仰ぐかのように上を向いた。

「ショックですか」

すかさず金が高沢に問いかけてくる。弱気になったのではないかと案じているらしい彼に、

「いえ。ジャンキーなら好都合だと思いました」

と高沢が笑顔を向けると、何に驚いたのか金は一瞬目を見開き、高沢の顔を凝視した。

「あの?」

だが高沢が問い返すと、すぐにはっと我に返った顔になり、「失礼しました」と頭を掻《か》いたのだったが、彼の頰《ほお》には微《かす》かに血が上っていた。

「タカザワさん、噂どおりの人」

照れたように笑いながら、金がそう言い高沢を見る。

「噂？」

どんな噂なのですと問うた高沢に金は「悪い噂じゃありません」と明言を避けると、

「櫻内組長が傍に置きたいという気持ち、わかりますね」

そんな謎の言葉を口にし、ぱちりと片目を瞑ってみせた。

「……はあ」

意味がわからないと首を傾げた高沢の横では、早乙女が鬼のような顔で金を睨み付けている。

「ジョークです、サオトメさん」

金は早乙女にも笑って片目を瞑ると、「それではまた夜に」と言葉を残し部屋を辞した。

「まったく、油断も隙もありゃしねえ」

ぶつぶつ言いながら早乙女が、金の出ていったドアを睨み付けている。

「何を言ってるんだ」

「あんたもよ、気ぃつけろよ？」

問いかけた高沢に、更に疑問を覚えさせるようなことを早乙女は口にしたのだが、高沢が問い返すより前に「まあいいけどよ」と一人結論を出し、肩を竦めた。

「意味がわからん」

「多分一生わかんねえよ」

それでいいんだよ、と言う早乙女の頬が赤い。高沢の脳裏に一瞬だけ、彼に『好きだ』と告白されたときのことが浮かんだが、少なくとも今はそのことは忘れたほうがお互い仕事をやりやすい、と敢《あ》えて考えるのをやめた。

西村への二度目の電話は、午後六時にかける予定だった。何度か西村から携帯に電話が入ったが、高沢は応対には出ず、留守電にメッセージを残されてもかけはしなかった。

六時を過ぎたとき、高沢は西村の番号を呼び出した。

『酷いじゃないか』

高沢が名乗るより前に、開口一番、西村が非難の声を上げてきた。

「なにが」

『俺の電話、無視したろう？　どれだけ俺がお前に会いたがっていると思ってるんだ』

金から聞いたせいではないが、やはり西村の声はどこか常軌を逸した人間のもののように高沢の耳に響いた。

「ラリってるのか？」

思わず計画とは違う言葉が、高沢の口から漏れる。

『馬鹿な。俺が薬に手を出すわけがないだろう』

西村は電話の向こうで爆笑したが、ヒステリックな笑い声はどう聞いても、麻薬常習者特有の落ち着きのないものだった。

『それよりお前に会いたいよ。すぐ来てくれ。俺が行ってもいい。今、どこだ？　ホテルか？　空港か？』

「ヴィクトリアピーク」

いよいよ計画実行だ、と高沢は込み上げる緊張感を悟られぬよう、わざと淡々とした口調で場所を告げた。

『え？』

電話の向こうで西村が戸惑った声を上げたあと、彼の爆笑が響いてきた。

『お上《のぼ》りさんか。お前、香港は初めてだっけ？』

「いや、二回目だ」

素直に答えた高沢に、西村がまた爆笑する。

『なんだってヴィクトリアピークなんだよ。百万ドルの夜景を見たいというガラでもないだろう』

「二時間後。午後八時に山麓《さんろく》駅を出るピークトラムの車中で会おう。俺も一人で行く。お前も一人で来るように」

ピークトラムというのは、ヴィクトリアピークの山頂へと向かう登山電車の名称だった。香港一古い交通機関ということで、山頂へと向かう途中の景観が素晴らしいと、それこそ『お上りさん』観光には欠かせない香港の名所のひとつである。

『「慕情」を気取ったわけでもないんだろう?』

西村が呆れた声を上げる。が、会話を長引かせるのは得策でないと高沢は「それじゃあ」と声をかけ電話を切ろうとした。

『待てよ』

気配を察した西村が声をかけてくる。

「なんだ」

『二十時発のピークトラムだな』

「ああ、そうだ」

『そこに一人で行けばいいんだな』

「ああ、そうだよ」

西村の確認に高沢は短く答え、再度電話を切ろうとした。

『楽しみにしているよ』

耳から離しかけた携帯から、西村の明るい声が響いてきたが、今度は答えることなく高沢は電話を切った。

「どうだったよ」

早乙女が勢い込んで高沢に尋ねる。

「来るそうだ」

「よっしゃ！　いよいよだな！」

早乙女が雄叫《おたけ》びのような声を上げるのを横目に、高沢は金の携帯に電話を入れ、計画どおりことが進んでいることを報告した。

『あとはまかせてください。ああ、タカザワさん』

「はい？」

金が念を押すようにして施してきた注意を聞く高沢の胸に、すっと冷たいものが走った。

『あなたを守ること、約束はします。が、銃は忘れないように。勿論、防弾チョッキも着用してください』

「わかっています」

場所と時間を指定した以上、西村も——琳君、ひいては趙もまた攻撃をしかけてくる可能性があるということである。いよいよ動き始めた、と気を引き締め頷いた高沢の意気込みを感じたのか、電話の向こうで金が「いいですね」と満足そうに笑い、電話を切った。

刑事の頃に感じていた高揚を、高沢はふと思い出した。日々淡々と業務にあたってはいたが、さすがに犯人検挙やガサ入れに向かうときには、人並みに彼も高揚感を覚えたものだったのである。

当時はいわゆる『正義のため』に犯罪者を逮捕する側にいた自分が、今、同じく気持ちを高揚させてはいるものの、その目的は社会正義のためではまるでない。

趙を暗殺するため――人の命を奪うのに、こうも気持ちを高ませているという自覚が高沢にある種の感慨を与えていたが、それは意気込みを萎《な》えさせるものではなく、却《かえ》って彼の高揚感を心地よく煽《あお》っていた。

何事においても執着というものを感じなかった自分が今、社会正義を擲《なげう》ってでも――かつての友を裏切り、人の命を奪ってまでも何かを守りたいと思っている。

不思議なものだ、と思う高沢の脳裏には彼の守りたい『何か』がはっきりと形を成し、高沢に向かい美しい笑顔を向けていた。

約束の時間に遅れぬよう、高沢は少し早めにアパートを出、金の弟、光宇の運転する車でヴィクトリアピークへと向かった。

西村には八時にピークトラム山麓駅を発車する列車内で会おうと告げたが、高沢は途中駅から乗り込む段取りになっていた。日々観光客で賑《にぎ》わうこのトラムに、金は驚くべき仕掛けをした。八時発のトラムには、西村以外の乗客はすべて、金の配下の者であるという状況を作り上げたのである。

途中駅に向かう高沢の携帯に金から、西村が予定どおり一人で列車に乗ったという情報が入った。

『同行者はいないようです。が、油断大敵。展望台近辺に趙の手の者がうろついているという話です』

「わかりました」

気をつけます、と言いながら高沢は、やはり西村も『一人で』来るわけがないかと密かに自嘲した。

わかりきっていたことではあるが、心のどこかで高沢は西村が、一人で来るかもしれないと思っていたらしい。こんな甘い考えを捨てきれぬようでは、今後に差し障《さわ》るなと高沢は自らを律すると、トラムに乗り込んでからの段取りを復習した。

地域住民が途中駅を利用することが稀《まれ》にあるというが、高沢の乗る駅は金の手によりやはり無人となっていた。遠くにトラムの灯《あか》りを認めたとき、よし、と高沢は一人頷くと緊張感を漲《みなぎ》らせながらホームに立った。

ガタゴトと音を立て、二両編成のピークトラムがゆっくりホームに近づいてくる。乗客の影がちらほらと見える車内に、西村らしき人影を認めた高沢の胸はどきりと大きく脈打った。

トラムがホームに到着し、ドアが開く。二名ほどの乗客が降りたあと、高沢がトラムに乗り込むと、

「やあ」

先頭近いドアにもたれかかっていた西村が、ゆらり、と身体を起こし右手を上げて寄越した。

「やあ」

高沢が挨拶を返したところで、プシュ、と音がしドアが閉まる。

「久しぶりだな」

西村がゆっくりと高沢に近づいてくるのに、高沢もまたゆっくりと西村に近づき、トラム

の中央あたりで二人は握手を交わした。

「座らないか」

山道を登る列車の揺れは激しく、摑まらないと立っているのも困難である。高沢の誘いに、西村は「そうだな」と微笑むと、すぐ横のベンチのような木のシートに腰を下ろした。高沢もまた、西村とは通路一つ挟んだ隣のシートに腰をかける。

「いつ香港入りしたんだ」

世間話をするように話しかけてきた西村は、以前高沢が見たときよりもより痩《や》せたようだった。

刑事の頃にはかっちりと整えていた髪はもう、肩につくほどに伸びている。服装もかつての、一分の隙もなく高級なイタリアブランドのスーツを着こなしていた姿が嘘のような、古ぼけたシャツに薄汚れたジーンズだった。

「昨日だ」

「元気だったか」

「まあな。お前は？」

「ああ、元気だよ」

かわりなしだ、と口を開けて笑った彼の歯が、かつてのままの眩しいほどの白さを保っていることに救われる思いを抱く自分を、甘いなと心の中で自嘲しつつ、そろそろ計画を実行するか、と高沢は小さく息を吐き、口を開いた。

「西村」

「ん？」

なんだ、と問い返す西村が身を乗り出し、高沢の顔を覗き込んでくる。

「お前を拉致《らち》させてもらうよ」

「面白いことを言うな」

高沢の言葉に西村は今度は身体を仰《の》け反《ぞ》らせて笑うと、

「見ろよ」

顎《あご》をしゃくり、窓の外を示してみせた。

「香港の百万ドルの夜景だ。間もなく展望台のある駅に到着する。そこからの眺めはまた格別だろう」

「この列車は駅には到着しないよ」

明るく言い放った西村の眉が、高沢の冷静な声を聞き顰められる。

「……なんだと？」

ようやく西村は自分の置かれた状況に気づき始めたようだと思いながら高沢は立ち上がり、唖然として自分を見上げる西村を見返した。

「お前を人質に、琳君に揺さぶりをかける。できれば抵抗しないでもらいたい」

「……高沢……」

西村の目が大きく見開かれたのは、高沢が懐《ふところ》に手を入れ取り出した銃を構えてみせたためだった。

「……罠《わな》をかけたと？　お前が？」

銃から目を逸らさず、西村が乾いた声で高沢に問いかけてくる。

「そうだ」

高沢が頷いたと同時に、がたん、と音を立てて列車が止まった。

「………………」

途端に後ろの車両との境のドアが開き、どやどやと男たちが駆け込んできて、高沢と西村、二人を取り囲む。西村は呆然と周囲を見回していたが、その場にいる全員が自分に銃を向けているという状況に、もう笑うしかないとばかりに声を上げて笑い始めた。

「これは参った。まさかこんな大がかりな仕掛けをされているとは、まったく気づかなかったよ」

あはは、と高らかに笑う彼を、背後にいた男が羽交い締めにし、別の男が懐を探る。

「銃は持っていないようです」

ボディチェックをされている間も、後ろ手に手錠をかけられている間も、西村はずっとくすくすと肩を震わせて笑っていた。

「…………」

西村が丸腰で来たことに高沢は一瞬動揺を覚えたが、自ら手を下す気はなかったということだろうと敢えて理由付けをし、「いきましょう」と声をかけてきた金の部下に頷き返した。

トラムのドアが開き、男たちが次々と飛び降りてゆく。西村は屈強な男たちに抱えられて下ろされたのだが、その間も相変わらず彼は笑い続けていた。

ホームの高さの分だけ高いところにあるドアから高沢も線路に飛び降り、男たちを追って道路へと向かうと待機していたバンに乗り込んだ。

ガタンガタンとトラムが走り去っていく音を背中に、高沢を乗せたバンが山を下ってゆく。フロントガラスの向こうに、美しい香港の夜景が開けているさまが高沢の視界に入ってはいたが、美しさでは世界有数といわれるこの夜景も、今後の出方を考える高沢の思考を妨げる威力はなかった。

西村の監禁場所を、高沢は自分たちに用意された高級アパートに決めた。

「おう。無事やっつけやがったな」

図体のでかい早乙女は目立つため今回留守番となったのだが、数名の男に囲まれた西村が部屋に連れ込まれたのに、目を輝かせて喜びの声を上げた。

「浮かれるな。すべてはこれからだからな」

高沢が早乙女に釘《くぎ》を刺している間に、金の部下たちは西村を椅子《いす》に座らせ、身動きがとれないよう身体を縛り付けた。さすがに笑うことにも飽きたのか、はたまた疲れたのか、西村は抵抗こそしなかったが、もう口を開く様子もなかった。

「それでは」

西村を縛り上げたあと、男たちは高沢に頭を下げ静かに部屋を出ていった。

「いい格好だな、おい、西村さんよう」

早乙女が西村に近寄り肩を小突こうとするのを、高沢は背後から彼に近づき、腕を摑んで止めさせた。

「よせ」

「なんで庇《かば》うんだよ」

早乙女が不快そうに口を尖らせる。

「遊んでいる暇はないんだ」

高沢はじろりと早乙女を睨むと、がっくりと肩を落としている西村の前に回り、じっと顔を見下ろした。

「琳君に電話をしてもらいたい。趙の居場所に我々を誘導してほしいと」

「…………」

西村の顔がゆっくりと上がり、高沢と彼の視線が合う。

「さあ」

西村の上着のポケットから回収した携帯電話を高沢は真っ直ぐに彼の目の前に差し出した。

西村も、そして高沢も何も喋らず、ただじっと目を見交わす沈黙の時が室内に流れる。

先に目を逸らせたのは西村だった。すっと目を伏せ、俯いた彼の口から、ぼそりと言葉が漏れる。

「…………お前、あのとき撃つ気だっただろ」

『あのとき』というのは、ピークトラムの中で彼に銃を向けたときだと高沢は察した。

「ああ」

確かに抵抗すれば撃つつもりだった、とあっさり頷いた高沢の前で、まるでバネ仕掛けの人形のように西村が顔を上げ、彼を食い入るような目で見つめた。

「……昔のお前は違った」

まるで老人のような掠れ声が、奥歯を嚙みしめているらしい西村の口元から響いてくる。

「確かに。銃は好きだが人を撃つことには抵抗を感じていた」

うん、と高沢は頷いたあと、更に目を見開き息を吞んだ西村に、淡々と言葉を続けていった。

「俺にとって銃は人を殺すための道具じゃなかった。勿論刑事の頃は必要に迫られれば銃も抜いたが、相手を殺そうと思って構えたことは一度もなかった」

「今日、お前は俺を殺すつもりで抜いたのか？」

西村が喉の奥から絞り出すような声で高沢に尋ねる。

「場合によってはね」

対する高沢の声は低くはあったがよく通り、きっぱりとした彼の答えが室内に響き渡った。

「今も俺の出方によっては、俺を撃つと？」

「ああ」

西村の問いに、高沢が間髪容《い》れずにきっぱりと頷く。

「そうか」

西村の肩が更に落ち、がくりと首が前に折れた。

「………」

くっくっと、低い笑い声が伏せた西村の顔から響いてくる。笑っているというよりはまるで、泣いているような声を上げ、西村は暫く肩を震わせていたが、

「あーあ」

自棄《やけ》になったような大声を出し、顔を上げた彼の頬は少しも濡れていなかった。

「わかったよ。琳君に『助けてくれ』と電話すればいいんだろう？　さっきなんて言ってた

か、ああ、趙の居場所に案内しろ、か。俺の命を助けたかったらお前の言うことを聞けと泣いて頼んでやるよ」

喋っているうちに西村の頬が紅潮し、目がぎらぎらと光り始める。

「それで満足だろ？　高沢」

吐き捨てるようにそう言う彼の顔には、今、はっきりと憎悪の念が浮かんでいた。

「そのとおりだ」

憎まれたか、と思う高沢の胸に、なんともいえない感慨が芽生える。多分今この瞬間、自分たちを結んでいた正体のわからぬ絆は切れたのだろうと思いながら、高沢は小さく頷き携帯を西村に差し出した。

「着信履歴に琳君の番号がある。かけてくれ」

手どころか全身動かすことができない状態に縛り上げられていた西村が高沢に指示を出す。言われたとおり着信履歴を開いた高沢は、上から下まですべて同じ番号が並んでいることにぎょっとし思わず視線を西村へと向けた。

「俺に電話をしてくるのはあいつくらいだからな」

西村が自由にならない肩を竦めてみせる。高沢はそんな彼を一瞥《いちべつ》したあと、琳君のものだと言われた番号を呼び出し、相手が出るのを待とうとしたのだが、待つまでもなく1コールもしないうちに琳君は電話に出たのだった。

ていった。

『セイギ！　一体どこにいる！』

酷く興奮しているらしい彼の声が響いてくる携帯を、高沢はそのまま西村の耳元へと持っていった。

「俺だ」

『セイギ！』

琳君の声は大きく、高沢の耳にも微かに響いてきたが、内容が中国語になったようだ。

「日本語で喋れ」

余計なことを言われたら困る、と高沢が西村に告げたのに、西村は目を上げ、わかったと頷くと、再び口を開いた。

「琳君、聞いてくれ。高沢に捕らえられた。彼の要求を伝える」

『……ッ』

琳君がまた電話の向こうでヒステリックなほどの大声を出していたが、彼の言葉は相変わらず中国語だった。西村はそんな彼に、日本語で指示を与え始めた。

「趙の居場所に案内してほしいそうだ。頼めるか？」

『……ッ』

またも琳君が中国語で叫ぶ声が電話から響いてきたが、西村は聞いているのかいないのか、一言も口を開かず、相槌すら打たなかった。

『セイギ！　セイギ！』

無言になった西村を心配してか、琳君が彼の名を呼ぶ。

「琳君。頼む」

西村はそれだけ言うと、「もういい」というように高沢に頷いてみせた。

「…………」

高沢は半ば拍子抜けしつつ、まだ琳君の声が響いている携帯を西村の耳から離すと電話を切った。

「これでいいんだろう？」

西村がにやりと笑う。

「ああ。ありがとう」

礼を言った高沢を西村が鼻で笑った。

「脅迫してやらせたくせに、礼なんか言うなよ」

「それもそうだな」

確かに、と頷いた高沢をまた、西村が馬鹿にしたように笑い飛ばす。

「まったく、そういうところはまるで変わっちゃいないくせに。本当にお前は憎らしいよ」

ふん、と鼻を鳴らした西村の表情は、かつて友として付き合ってきた男のものだった。

「お前もな」

その顔は変わらない、と返した高沢の胸にふと、本当に彼が麻薬常習者であるか確かめたいという欲求が芽生える。

もしも本当に覚醒剤に溺《おぼ》れているのであれば、やめるように忠告しなければ——口を開きかけた高沢の耳に、西村の哄笑《こうしょう》が響いた。

「憎めよ。とことん。俺もお前を憎んでやるから」

笑いながら西村が、挑むような目を高沢へと向けてくる。

今、彼は新たな絆を結ぼうとしている——友情という絆を断ち切り、憎しみという絆を結び直そうとして、西村が己に差し伸べてくる幻の彼の手を高沢は確かに見たと思った。

「どこまでもお前を憎んでやる」

『憎む』という言葉とは裏腹に、高らかに笑う西村の声がやたらと楽しげに聞こえる。

伸ばされた手を取るべきか取らざるべきかと高沢は瞬時迷ったが、今はそれを考えるべきときではないと首を横に振った。

「早乙女、見張っていてくれ」

笑い続けてる西村に背を向け、高沢は西村の携帯を胸ポケットにしまうと、「おう」と頷いた早乙女の肩を叩き、部屋を出た。

「高沢、なんとか言えよ」

「うるせえんだよっ」

ドアを閉める直前、西村と早乙女、それぞれの怒声が背に刺さったが、敢えて振り返らずにドアを閉め、リビングを通り抜けてメインの寝室へと——クローゼットが武器庫になっている部屋へと向かう。

無事、琳君が趙の居場所への案内役を引き受けてくれたとしたら、今度は彼を盾にしようと高沢はクローゼットの扉を開け、武器をチェックしながら今後の計画を練り始めた。

できれば正面切ってではなく、自宅などのプライベートスペースにこっそりと、それこそ趙本人にも知らせぬように案内させることにしよう。おそらく趙は万全のセキュリティ体制を整えているに違いない。高沢と早乙女、たった二人で切り込むには奇襲でもかけないかぎり、趙殺害は難しそうだった。

金に頼めば、当然とばかりに人手を割いてくれるだろうが、これ以上彼に迷惑をかけるわけにはいかないと高沢は思っていた。自分とは関係のない争いごとで、彼の配下の者の命が奪われることにでもなれば気の毒である。

奇襲をかけるには早いほうがいい。西村がこちらの手に落ちたことはすぐに趙にも知れるだろうから、と考えていたそのとき、シャツのポケットに入れた西村の携帯が着信に震えた。きたか、と高沢は携帯を取り出し、表示された番号が琳君のものだと確認したあと電話に出た。

『セイギ？』

切羽詰まった声で呼びかけてきた琳君も、気配で違うとすぐ察したらしい。

『タカザワか』

声のトーンが下がり、憎々しげになる。

「そうだ。趙のところに案内する決心はついたか」

西村のように宣言されるより前に、彼には憎まれているようだと思いつつ、高沢は淡々と問うた。

『お前にセイギを殺せるのか』

高沢の問いには答えず、琳君が逆に彼に問うてくる。

「殺せる。なんなら西村にかわろうか」

高沢が即答すると、電話の向こうで琳君は抑えた溜め息をつき『いらない』と答えた。高沢の声から彼の本気を感じたのだろう。

『……どうすればいい？』

低い声で問いかけてくる琳君に高沢は、すぐに趙のところに案内してほしいと告げた。

『すぐには無理だ。明日ではダメか』

「西村がどうなってもいいのか」

脅しをかけながら高沢はつい、まさか自分が人を脅迫する立場になろうとはと自嘲しそうになった。ヤクザのボディガードを引き受けた時点で己のアウトロー人生は始まったと思ってはいたが、いよいよ骨の髄まで染まってきたという感慨が芽生える。

くだらないことを考えている場合ではないか、と高沢はすぐに我に返ると、

「今夜だ。趙の私邸に俺たちを案内しろ。勿論趙には知らせないように」

更に細かい指示を与え、琳君の答えを待った。琳君は暫くの間、どうするかじっと考えている様子で黙り込んでいた。電話越しに彼のやや速い呼吸音が響いてくる。

「どうする」

焦《じ》れた高沢が再度問いかけてようやく、琳君が口を開いた。

『……わかった。どうすればいい？』

迷いに迷ったことを感じさせる弱々しい声だった。彼にしてみたら兄と西村、二人の命を天秤《てんびん》にかけたのだから、迷うのも当然だろうと高沢は思いながら、琳君にアパートの住所を告げた。

「三十分後に一人で来い。約束を破れば西村の命はない」

『三十分では無理だ』

琳君はクレームをつけたが、高沢はそれ以上は待てないと撥《は》ね付けた。時間的に猶予を与えるのは危険と判断したためである。

『わかった』

しぶしぶ琳君は了解し、慌ただしく電話を切った。よし、と高沢は一人頷くとまず金に連

絡をとり、経緯を説明する。

『わかりました。琳君のことは見張らせています。危ない動きするようなら、すぐ連絡します。アパートの警備も強化しましょう』

あたかも、その程度のことはして当然と言わんばかりの金の口調に、高沢は心からの感謝の意を込めて改めて彼に礼を述べた。

「本当に何から何まで、ありがとうございます」

申し訳ありません、と受話器を握りながら頭を下げる高沢の耳に、明るい金の声が響く。

『タカザワさん、気が早い。まだ何も始まっちゃいません』

笑いながらも厳しいことを言ってくる金に、確かにそのとおりだと高沢は気持ちを引き締め直した。

「すみません」

『謝る必要、ありません。それではまた』

経過報告を入れる、と金が電話を切ったあと、高沢は浮き足立っている己を反省しつつ、西村を捕らえた部屋へと向かった。

「おう、連絡きたか?」

部屋に入ると既に退屈していたらしい早乙女が勢い込んで高沢に問いかけてきた。椅子に縛り付けられた西村は、俯いたまま顔を上げる気配もない。

「ああ。三十分後に琳君が来る」

高沢の答えを聞き、ようやく西村は顔を上げたが、彼の表情に驚きの色はなかった。

「お前にも一緒に来てもらう」

高沢がそう言うと西村は皮肉めいた笑みを頬に浮かべたが、口を開くことなく再び俯いてしまった。

「今夜中にカタ、つけようってわけか」

西村の落ち着きぶりとは裏腹に、興奮しきっているらしい早乙女が大声を出し、高沢の顔を覗き込んでくる。

「ああ、そうだ」

「よっしゃ。三十分後か。いよいよだな。すぐ準備しねえと」

早乙女の頬は紅潮し、目にはやる気の炎が燃えていた。臆《おく》している様子が微塵《みじん》にも感じられないとは頼もしい、と高沢は彼の肩を叩く。

「そうだな。いよいよだ」

今まではすべて計画どおりに進んでいる。だがこの先もそうであるという保証はない。何より趙は、櫻内を瀕死《ひんし》の状態にまで追い込んだ男である。一筋縄でいく相手ではないと考えるべきだろう。用心すべきだと高沢は早乙女に釘を刺そうかと思ったが、その必要はないかと考え直した。

いかに危険が待ちかまえているとわかっていても、自分たちには進む以外の選択肢はない。早乙女とてそのくらいの覚悟はあるだろう。せっかく己を鼓舞している彼のやる気に水をさすことはないかと、高沢は再び早乙女の肩を叩くと、打ち合わせどおりの武器を用意するよう彼に命じた。

「わかったぜ」

早乙女が大きく頷き、部屋を飛び出してゆく。慌ただしい彼の様子を前に、まさに「いよいよ」ことが始まるという実感が高沢の胸にも押し寄せていた。


それから二十五分後に、琳君からアパートの前に到着したという電話が西村の携帯に入った。

「すぐ下りる」

琳君を見張っていた金の話では、まさしく彼は『取るものもとりあえず』彼の家を飛び出し、真っ直ぐに高沢が指定したアパートに向かったということだった。琳君の同行者は彼をここまで乗せてきた自家用車の運転手のみであるという。

琳君がなんの策も弄《ろう》してこなかったことに、高沢は驚きを禁じ得なかった。勿論そのために三十分以内で来いという指示を出したのだが、最低限の保身くらいは考えるだろうと思っていたのだ。

尾行もついている様子がないということだったが、琳君が馬鹿正直に指示に従ったとは、高沢にはとても信じられなかった。

「本当に一人で来やがったのかな」

早乙女も不審に思っているらしくそう問いかけてきたのに、高沢は「どうだろう」と首を捻った。

「ここへは一人で来たが、既に趙には通報してるかもしれないな」

「なるほど」

そりゃあるな、と早乙女が大きく頷く。

「罠を張られてるところにのこのこ出かけていくかもしれねえのか」

大丈夫かな、と不安そうな顔になる早乙女に、高沢は「大丈夫だ」と頷いてみせた。

「そのときには琳君を盾にすればいい。趙も琳君には銃を向けはしないだろう」

「そうか」

そうだな、と早乙女が少し安堵した顔になる。と、そのとき、

「心配無用だ」

馬鹿にしていることがありありとわかる口調で西村が口を挟んできたのに、高沢と早乙女、

二人の注意は彼へと逸れた。

「なんだとぉ？」

早乙女が西村に近づき、襟首を摑んで椅子から立ち上がらせる。彼をこのアパートに残して行くか否か、高沢は迷った結果連れていくことにしたのだった。後ろ手に嵌《は》めた手錠以外の縛《いまし》めは既に解いてあったが、西村はそれまでどおり縛り付けられていた椅子に座っていたのだった。

「よせ、早乙女」

無駄な体力を使うな、と高沢が制したのに、早乙女は不満そうにしながらも西村を離した。

「何が心配無用なんだ？」

再び椅子に座ろうとする西村の腕を高沢は摑んで彼を立たせ、顔を覗き込む。

「琳君が約束を違《たが》えることはないよ。言われたとおりお前を趙のもとへ案内することだろう」

「凄い自信だな」

当然のごとく言い放った西村に、高沢はそう返したのだが、声に皮肉な響きが籠もってしまったのに気づき、どうしたことかと密かに首を傾げた。

「ああ。琳君は俺を裏切らない」

あたかも高沢の覚えた疑問に気づいたかのように、西村がにやりと笑ってそう答える。本当に凄い自信だ、と肩を竦めた高沢の胸に、なんともいえない思いが宿る。しかしそれがいかなる感情であるかを追求している場合ではない、と高沢は早乙女を振り返った。

「西村から目を離すな」

「おう、わかったぜ」

早乙女が張り切った声を上げ、後ろ手に手錠を嵌められている西村の腕を摑んだ。

「行くぞ」

高沢が頷いたのに、早乙女も頷き返すのを、西村はやはりどこか馬鹿にしたような目で見つめていたが、早乙女に「おら」と促され、歩き始めた。

「趙の私邸に行ったことはあるのか？」

エレベーターに乗り込みながら高沢が西村に尋ねる。

「ない。俺のようなぺーぺーがボスの家などに足を踏み入れられるわけがない」

にべもなく西村はそう答えたが、嘘を言っているようには見えなかった。

「そうか」

もともと場所を知らないのであれば、これから琳君が向かおうとしている場所が果たして本当に趙の私邸か否かの判断は彼にはつかないということだ。それなのによく、琳君が正しく趙の私邸に案内すると断言できたものだと、高沢は心の中で肩を竦めた。

多分彼と琳君との間にも、ある種の絆があるのだろう。金は西村が琳君の愛人であると言っていたが、それが真実だとすると二人の絆は『愛』か――。

チン、とエレベーターがグランドフロアに到着したのに、高沢は瞬時の思考より醒《さ》めた。

まったく、こんなときにぼんやりするなど緊張感がないにもほどがある、と自分を叱咤《しった》しながら高沢は肩越しに早乙女を、そして西村を振り返ると「行くぞ」と短く告げ歩き始めた。

琳君は建物の正面、無骨な顔をした警備員の前に立ち高沢らを待っていた。

「セイギ！」

エントランスから高沢ら三人が出てくると、琳君は他の者には目もくれず西村に走り寄ろうとした。彼の動きを見越し、高沢が西村の前に立つ。

「……っ」

二人の間に割って入ることとなった高沢を、琳君が燃えるような目で睨み付けてくる。

以前も同じように憎しみに満ちた視線を向けられたという記憶が、一瞬高沢の頭に浮かんだ。あのときには憎まれる覚えなどひとつもなかったが、今は充分その資格があるなと思いつつ、高沢もまた真っ直ぐに琳君を見据えると、ひとこと、

「案内してもらおうか」

琳君の憎しみを更に煽るべくそう言い、さあ、と彼を促した。

「ワタシの車で行くか。それともお前の？」

「お前の自家用車で向かおう。そのほうが怪しまれずにすむ」

琳君の問いに高沢が答え、再び彼を促す。琳君は「わかった」と頷くと、ようやく高沢から目を逸らし、背後を振り返って右手を高く上げた。

少し離れたところに止まっていた黒塗りの自家用車が、ゆっくりと近づいてくる。金の報告から、中には運転手しか乗っていないとわかっていたが、それでも油断はできないと身構えた高沢の前で車は停まり、ドアを開けるために運転手が降り立った。

運転手は助手席の、そして後部シートのドアを開いたが、同乗者はいなかった。何を言うより前にまず琳君が助手席に乗り込む。

「お前が先に乗ってくれ」

高沢は早乙女を奥の座席に先に座らせると、西村を挟んで自分も車に乗り込んだ。

どう見ても尋常ではないシチュエーションだろうに、運転手は顔色も変えずに前後のドアを閉め、運転席に戻ってゆく。

『――――』

運転手に向かい、琳君が中国語で指示を出した。『趙』の名が出ていたと思う高沢の心を読んだかのように、横から西村が話しかけてくる。

「趙の私邸に行けと指示を出したのさ」

「うるせえな、黙ってろよ」

彼の横から早乙女が喚《わめ》くのを、「いいから」と高沢は制すると、助手席から後部シートを振り返っている琳君に尋ねた。

「行き先は趙の私邸に間違いないんだな」

「ワタシは嘘などつかない。お前も嘘をつくな」

信用しないのかとむっとしてみせた琳君が、おかえしとばかりに高沢に釘を刺してくる。

「趙の私邸に到着したら、西村は解放するよ」

「本当か」

尚も確認を取ってくる琳君の目は相変わらずぎらぎらとした憎しみの光を湛えていた。白《はく》皙《せき》の頬が紅潮し、ただでさえ美しい彼の顔を更に艶《あで》やかに彩っている。琳君が正真正銘男であることは既に高沢の知るところではあったが、知って尚信じられないと高沢は一瞬彼の美《び》貌《ぼう》に見《み》惚《と》れてしまった。

「当然だ」

だがすぐに我に返り、頷いた彼を琳君は暫くの間燃えるような目で睨んでいたが、やがてふいと前を向き、それからは一切後ろを振り返ろうとしなかった。

趙の家は九龍地区にあるようだった。海底トンネルを渡り始めたことで高沢がそれに気づいたとき、

「ああ、そうだ」

早乙女が何かを思い出した声を上げ、西村の身体越しに身を乗り出してきた。

「さっき寺山の野郎から俺の携帯に電話があってよ。どうなってるんだとやんやんうるせえから、今晩カタぁつけてやると言っといたぜ」

「……そうか」

早乙女の報告を聞いたとき、高沢の胸にざわりとした嫌な感覚が芽生えた。

「詳しいことを教えたのか？」

だからだろうか、問いかける口調が少し非難めいてしまったのを気にした早乙女の声が低くなる。

「これから奇襲をかけるってことくれえだよ」

マズかったか？　と問われ、考えてみれば別に何もマズいことはないかと高沢は首を横に振った。

「いや。どうせ報告はしなければならないし」

「だろう？」

高沢の言葉に、早乙女があからさまにほっとした顔になった。

「えれえ驚いていたぜ。どうやって段取りつけたかってよ。しつけえからうるせえって電話切ってやった。あの野郎、人がいくら組長の容態を聞いても無視しやがるくせに、本当にむかつくぜ」

「そうか」

『組長の容態』という単語に、高沢の頭に櫻内の幻が過《よぎ》ったが、今は趙暗殺に集中すべきだと敢えてその面影を封印する。

そう、これから自分は趙の首を取りに行くのである。成功の確率は五割もあれば御《おん》の字で、下手をすれば――否、特にミスを犯さなくとも命を落とす可能性は非常に高かった。

相手は日本をその手中に収めようという香港マフィアの長である。日本を代表するヤクザの長、櫻内が瀕死の重傷を負わされたほどの力の持ち主に、こうしてたった二人で挑もうとしているのだ。命があると思うほうが間違っているといっても過言ではなかった。

だがたとえ命を失おうとも、自分たちには趙を殺すより他に道はないということもまた、言わずもがなの事実だった。ここまでの仕込みはすべて成功している。あとはもう突き進むのみだという高沢の思いは、そのまま早乙女の思いでもあるようで、

「いよいよだぜ」

高揚を抑えきれない様子でそう呟くと、ぎらつく目を高沢へと向けてきた。

「そうだな」

己の目も同じく身を焼く興奮が光となって表れているのだろうと思いながら、高沢も早乙女に頷き返す。

「…………」

と、そのとき二人が挟んで座っている西村が、くすりと馬鹿にした笑いを漏らしたのに、

「なんでえ」

早乙女が怒声を張り上げ、彼の胸ぐらを摑んだ。

「やたらと悲愴《ひそう》感が漂っているなと思ってさ」

「なんだと？　この野郎」

早乙女を見ようともせず、せせら笑った西村を、早乙女が殴りつけようとする。

「よせ。挑発に乗ってどうする」

高沢に制され早乙女は渋々拳《こぶし》を下げたが、怒り収まらずといった様子で「けっ」とそっぽを向いた。

「死ぬ気なのか」

西村が今度は高沢を挑発しようとばかりに、馬鹿にした声で尋ねてくる。

「別に。覚悟はしていなくもないが、積極的に死のうとは思ってないよ」

淡々と答えた高沢に、西村がまた馬鹿にした笑いを向けてきた。

「随分落ち着いているじゃないか」

「それを言ったらお前もだろう。俺たちが死ぬ前に確実にお前も死んでいるはずだ。何せ人質だからな」

いつもの高沢なら西村の挑発など流したに違いないが、さすがに今日は彼も昂《たか》ぶっていた。

揶揄《やゆ》には揶揄でと返した高沢に、西村が高く笑う。

「確かに。仲良く死ぬことになるな」

「そんなことはさせない」

そのとき助手席で口を閉ざしていた琳君のヒステリックな声が響き、高沢を、そして西村までも唖然とさせた。

「琳君」

「ワタシは死なない。だからセイギ、あなたも死なない」

琳君が後部シートを振り返り、真っ直ぐに西村を見つめてくる。

自分や早乙女の姿などまるで目に入っていない様子の彼の、あまりに真っ直ぐな眼差《まなざ》しを、高沢は暫し呆然と見やってしまった。と、視線に気づいたのか琳君が、キッと高沢を睨み付けてくる。

「死ぬのはお前だけだ」

「…………」

燃えるような琳君の目を見返す高沢の頭に、一つの言葉が浮かぶ。

『愛』か――。

ここにも愛のためにすべてを擲つ覚悟の男がいる。あり得ないと思いつつも今、高沢の胸にはある種の連帯感としかいいようのない思いが流れていた。

それから三十分ほど走ったあと、車はかつての九龍城の西、九龍塘《カオルーントン》地区へと入り、やがて十数階建てと思われる瀟洒《しょうしゃ》な建物の前で停まった。

「ここだ」

高級アパートと思われるその建物のオーナーは趙で、最上階に住んでいるのだ、と口早に琳君は説明したあと、運転手が開いたドアから外へと降り立った。

「セキュリティチェック、厳しい。指紋を登録している人間じゃないと、この建物には入れない」

続いて車を降り立った高沢に琳君はそう言うと、センサーと思われる場所に右手の掌をかざした。

と、かちゃ、とロックが外れる音がし、自動ドアが開く。

「エレベーターも指紋認証がいる」

そう言い、高沢を振り返った琳君は、その高沢が自分に銃を向けていることに初めて気づいたらしく、一瞬ぎょっとした顔になった。

「趙の部屋まで案内してもらおう」

だが高沢が銃口で促したときには、琳君は平然とした顔を取り戻し「こっちだ」とエレベーターへと向かっていった。

指紋認証で開いた扉から中に乗り込んだとき、高沢はふと、この建物は少しも灯りが外に漏れていなかったと気づいた。気になり尋ねた彼を、琳君は馬鹿にしたように笑った。

「灯りなど漏れていたら狙撃されやすくなるではないか」

敢えて遮光しているのだ、という琳君の言葉に、なるほど、と高沢は頷いたが、感心している場合ではないかと心の中で苦笑した。

「これでワタシの役目は終わる」

最上階に到着しエレベーターの扉が開いたのに、琳君がそう言い、振り返って高沢を睨み付けてくる。

「これからはお前が人質になってもらう」

人質というよりは盾か、と高沢は銃を琳君の頭に突きつけ、下りろ、と彼を促した。

「兄はワタシを撃つだろう」

琳君はそう肩を竦めたが抵抗する気はないようで、素直にエレベーターを下りた。

「行くぞ」

高沢がちらと、背後で同じく西村の後頭部に銃を突きつけている早乙女を振り返る。

「おう」

早乙女の顔も緊張していたが、大きく頷く彼の顔には無駄死にはすまいという決意が溢《あふ》れていた。

このビルの中がどうなっているかはわからない。が、琳君を盾に進めるところまで進み、趙のもとへと何がなんでも辿り着いてやる。

よし、と高沢は頷くと、琳君を銃で促し歩き始める。琳君は臆することなく、すたすたと廊下を進むと、すぐ突き当たった大きなドアの前で足を止めた。

「ここが趙のプライベートスペース。この扉に入れる人間は、更に限られている」

言いながらまた琳君が、センサーに掌を近づける。と、またかちゃりと鍵が開く音が響いた。

この扉は自動ドアではないようで、凝った造りのドアノブを琳君が摑みドアを開けようとする。と、その瞬間、高沢の胸になんともいえない嫌な予感が芽生え、「待て」と声を上げかけたのだが、一瞬早く琳君がドアを大きく内側に開いた。

「うっ」

同時に物凄い閃光が浴びせられ、あまりの眩《まぶ》しさに高沢が怯《ひる》んだその次の瞬間、彼はずらりと銃口に取り囲まれていた。

「な、なんでえ」

背後で早乙女の動揺した声が響くところを見ると、いつの間にか後ろから近づいていた男たちに彼もまた、何丁もの銃を向けられているらしい。

『らしい』という表現を高沢が用いるのは、顔に向かいずらりとライフルの銃口を向けられているせいで、振り返ることができないためだった。

やはり罠だったか——予測しないではなかったが、と溜め息をつきかけた高沢は、目の前の琳君が心の底から驚いている様子に違和感を覚え、彼の視線の先を追った。

「琳君、ご苦労」

ドアのこちら側にも通じていた廊下の向こうから、大勢の男たちを従えゆったりとした歩調で趙が近づいてくる。

「……どうして……」

琳君が呆然として呟いている様は、高沢にはとても演技には見えなかった。

「お前の裏切りを責めるつもりは毛頭ないから。安心しなさい」

趙が優しげな笑みを浮かべ、温かな眼差しを弟に——琳君に向ける。だがその慈愛に満ちた眼差しは、銃口に取り囲まれた高沢に注がれるときには、かつて高沢を震撼させた『人ではない』深遠たる闇を孕んだ冷たいものへと変わっていた。

「お待ちしていましたよ。ミスター高沢」

同じ笑みでも趙が高沢に向けてきた笑みは、人の背筋を凍らせる迫力のあるものだった。

「西村を餌《えさ》に琳君を人質に取るとは考えましたね。香港に来たところでたいしたことはできまいと思っていたのに、まさかあなたがここまでやってのけるとは」

誤算でしたよ、と趙は笑い、高沢へと一歩近づいた。

「だがここまでだ。死んでもらいます」

にっと唇の端をつり上げ微笑む趙の顔は、彼の言葉が脅しなどではないことを物語っていた。

「櫻内も危篤状態だと聞いています。彼が元気であるのならともかく、命を絶つのにあなたを人質にするまでもないでしょう。だから殺します。いいですね？」

「……よくないと言っても殺すのだろう？」

高沢の答えに趙は一瞬目を見開いたが、やがて「これはいい」と笑い始めた。

「銃を突きつけられて、後ろの若い人はがたがた震えているというのに、あなたは随分度胸が据わっていますね」

哄笑する趙の言葉に偽りはなかったようで、背後の早乙女が「うるせえ」と呟く声は酷く震えていた。

まだ二十歳そこそこの男が死に直面しているこの状況では、怯《おび》えるのも仕方あるまい、と高沢は振り返ることがかなわない早乙女に、心の中でエールを送る。

「なぜ、あなたはそう落ち着いているのです」

趙がくすくす笑いながら尋ねてきたのに、

「……別に落ち着いているわけじゃない」

単に鈍いだけだろうと思いつつ、高沢は肩を竦めてみせた。

生死の境にいるとわかっていても、恐怖心というものがあまり湧いてこない。死を恐れないというよりは多分、感覚が麻痺《まひ》してしまっているのだろう。決して生に執着がないというわけでもないし、と、それこそ冷静に己を分析していた高沢の前で、趙がますます楽しげな笑い声を上げる。

「さすがは櫻内組長が入れあげる愛人だけのことはある。泣き喚き命乞《ご》いをされたら面倒だと思っていましたが、その心配はなさそうですね」

「……ああ」

『面倒』も何も、『殺す』以外の選択肢など最初から考えてもいないだろうに、と高沢は思いはしたが、それこそ趙のリアクションを考えるのが『面倒』で口にすることはなかった。

「そうだ、どうしてあなたがたの奇襲が私に知れたか、あなたの度胸に免じて教えてあげましょうか」

趙は相当機嫌をよくしたらしく、歌うような口調でそう言うと、高沢が答えるより前に背後を振り返り、ひとこと叫んだ。

「さあ。顔を見せてあげなさい」

と、趙の背後にずらりと並んでいた人垣が割れ、広い廊下の後方に一人の男が——高沢のよく知る男の姿が現れた。

「……そんな……」

それまで動揺を見せなかった高沢が思わず絶句する。

「ご苦労だったな」

呆然とする高沢ににやりと笑いかけてきたのはなんと、菱沼組若頭補佐――早乙女と高沢を香港へと送り込んだ寺山だった。

「なんでえっ！　なんでてめえがっ」

寺山の出現は、死への恐怖に震えていた早乙女にも大きな声を上げさせるほどの驚きを与えたようだった。

「理由は明らかでしょう。ミスター寺山は菱沼組を裏切り、私サイドについたのです」

頭が悪いことだ、と、趙が蔑《さげす》むような視線をその早乙女に向ける。

「なにを？」

馬鹿にされ熱《いき》り立《た》った早乙女だが、ぐるりと彼を取り囲んだ男たちに改めて銃を突きつけられ、うっと言葉に詰まった。

「どうしてだ」

代わりに、というわけではないが、今度は高沢が、趙の背後にまるで阿《おもね》るようにして佇《たたず》んでいた寺山に向かい問いかけた。

「どうしてだと？」

高沢が声を発した途端、寺山の表情が一変した。にやついていた顔が怒りに燃え、凶悪な目で高沢を睨み付けている。

「お前のせいに決まってんだろうが」

「俺の？」

何を言われているのかわからず、問い返した高沢の態度が、寺山の怒りにますます火をつけたらしい。寺山は尚いっそう恐ろしげな顔になると高沢を睨み付け、憎々しげな口調で彼を怒鳴りつけた。

「お前みたいなオカマ野郎にうつつを抜かしてる組長に、ついていけなくなったんだよ！」

「……っ」

吐き捨てるように言われた言葉に、高沢がらしくなく動揺してしまったのは、その内容が彼の常に恐れていた事項に他ならなかったためだった。

「男の、それももと刑事《デカ》、その上マル暴のデカだぞ！　あれだけ煮え湯を飲まされた四課のデカが最も信頼されている。そんな組に我慢できるわけねえだろう！」

「…………」

寺山の顔は憎悪に歪み、口角から唾を飛ばし怒鳴りつける声には怒りが籠もっていたが、

「……組長襲撃も、お前の仕業か」

という高沢の問いかけには、今度は彼が、う、と息を呑んだ。

「……そうだよ。俺が仕組んだ。最初は計画が違ったがな」

が、すぐにまた寺山はにやりと笑うと、更に憎々しげな口調で話を始めた。

「最初はお前に趙老大のスパイの容疑をかけ、自分の無実を証明したかったら鉄砲玉になれ

と組長に直訴する計画だった」

確かにそのとおりのことをされた、と頷いた高沢の前で、「だが」と寺山が顔を顰める。

「お前は組長の寵愛《ちょうあい》が深いからな。まず組長は承知すまい。敵方のスパイとおぼしき男になんの処分もしないとは何事だ——そう言って不穏分子を煽り立て、組内の統率が乱れたのに乗じて趙老大が乗り込んでくる、そういう計画だった。にもかかわらず組長は自分が香港に行くと言い出した。それで計画変更になったのさ」

「彼には我々が菱沼組を配下に置いたあとのトップの座を約束した。櫻内に人徳があれば信頼しているナンバー2に裏切られることもなかっただろう」

憎々しげに高沢を見つめている寺山の横で、趙が歌うような口調でそう言い、にっこりと目を細めて微笑んでみせた。

「さあ、もう話は終わりだ。愚図愚図していたら夜が明けてしまう」

趙が右手を上げたのに、高沢を、そして早乙女を取り囲んでいた彼の配下の者が一斉に銃を構え直す。

いよいよか——ごくり、と高沢が唾を飲み下したそのとき、

「待って」

琳君の切羽詰まった声が響き渡った。

「どうした、琳君」

趙が片方の眉を上げ弟を振り返る。

「セイギの安全を確保して」

琳君の訴えに、高沢は無理やり早乙女を振り返り、彼がまだ西村の背に銃を押し当てたままの状態であることを今更知った。趙の部下たちは早乙女一人ではなく二人を取り囲んでいたのである。

早乙女もまた改めてそのことに気づいたようで、はっと我に返ったあといきなり吠えた。

「おう、そうよ！　俺を撃ったと同時にこいつもぶっ殺してやる！」

顔を赤くし怒鳴る早乙女の言葉に琳君は息を呑んだが、趙は鼻で笑っただけだった。

「好きにすればいいさ」

「そんな……っ」

琳君が顔色を変え趙に取りすがる。

「あの男はお前のためにならない。死んでもらったほうがいいよ」

「イヤだ。セイギを見殺しにしないで」

お願い、と琳君は必死の形相で訴えていたが、趙が聞き入れそうにないことがわかるとキッと早乙女を睨み、彼へと駆け寄っていった。

「琳君！」

趙の厳しい声が飛ぶ。

「どけ！」

早乙女らを取り囲む男たちを押し退《の》けようとする琳君に、彼らが戸惑いの目を向ける。

「かまわない。撃て」

「撃つな！」

趙の声と琳君の叫びが重なった。琳君が西村の前に立ち両手を広げて彼を庇う。

「早乙女！」

高沢の呼びかけに、早乙女は自分がすべきことを察したようで、西村を横へと押しやると、それに気が逸れた琳君の隙を突いて後ろから羽交い締めにし、彼のこめかみに銃を押し当てた。

「うっ」

西村は趙に対し人質になり得ないが、琳君であれば話は別である。高沢の、そして早乙女の判断は誤っていなかったようで、趙があからさまに動揺した顔になった。

「銃を下ろせ。弟の命が惜しければ」

脅しをかける高沢を趙が睨み付ける。と、そのとき、ドォンという低い音が響いたと同時に、建物が大きく振動した。

「何事だ」

青ざめた顔の趙が周囲を見回しているうちに、指紋照合が必要だという扉がゆっくりと開いてゆく。

「なっ……」

開いた扉の間から、銃を構えた男たちがわらわらと飛び出してきたのに、趙をはじめその場にいた者たちの間から驚きの声が上がった。

「なにごとだ！」

高沢を、そして早乙女を取り囲んでいた銃が一斉に新たな闖入者《ちんにゅうしゃ》へと向けられる。一瞬生まれた隙を突き、高沢は身体を落とすと、早乙女へと向かって駆けだした。

「おい！　逃げるぞ！」

気づいた男たちが声を上げ、高沢に銃を向け直そうとする——が、彼らの銃が火を噴くことはなかった。銃を構えた闖入者たちの後ろから登場した男の姿に、その場にいた全員の目が釘付けになったためである。

「やあ」

黒地に派手やかな竜の刺繡《ししゅう》をしてある中国服に身を包んだ長身が、男たちの間を縫って現れる。

その男の出現に趙の手下ばかりでなく、高沢も、そして早乙女も信じられない思いのままに、呆然と立ち尽くしてしまっていた。

「どうしてお前が……」

趙すらも酷く動揺し、喉から絞り出すような声で呼びかけている。

「幽霊を見るような顔だな」

そう言い、見惚れるほどに華麗な笑みを浮かべてみせたその男はなんと、瀕死の重傷を負ったはずの櫻内玲二《れいじ》、その人だった。

10

「組長！」

早乙女が信じられないとばかりに大きな声を上げる。彼の銃口が下がっていることに気づき逃げだそうとした琳君に銃を向けながらも、高沢もまた信じられないという思いのままに、突然現れた櫻内の姿を見やった。

櫻内も高沢を見返し、にっこりと目を細めて微笑んでみせる。

「ど、どうして……」

と、そのとき、趙の傍らにいた寺山の声が響いたのに、櫻内の視線がゆっくりと彼へと移っていった。

「敵を欺くにはまず味方からというだろう。寺山」

「く、組長……」

櫻内の目線を追い、高沢が見やった寺山の顔は蒼白《そうはく》で、今にも泣き出すのではないかと思われるほど、唇がわなわなと震えていた。

「お前の裏切り、信じたくはなかった」

「ち、違うのです！」

櫻内が低く告げた直後、寺山の甲高《かんだか》い声が響き渡った。

「私だってあなたについて行きたかった。忠誠を誓いたいと思っていたんです。だがあなたはこんな、刑事上がりのボディガードばかりを大事にする。この男にどれだけ煮え湯を飲まされたかも忘れて、だから私は……っ」

「もういい」

口角から唾を飛ばし、高沢を指差しながら喚いていた寺山を、櫻内の決して高くはない、だが迫力のある声が制した。

「お前は俺を裏切った。その事実は変えようがない」

「ち、違うのです！　組長！　私は本当にあなたを……っ」

にべもなく言い捨てた櫻内に、泣き出さんばかりの声を上げた寺山が、いきなり懐から銃を抜いた。

「信じてください。私は本当にあなたを……っ」

叫びながら寺山が傍らの趙に銃を突きつけようとする。そのときプシュッというサイレンサーの音が響き、寺山が目を見開いた。そのままずるずるとへたり込むようにして床へと崩れ落ちてゆく。

彼の背後から銃を構えた趙の部下が現れたことで、高沢は今目の前で何が起こったのかを

察した。

「貸せ」

趙がその男から銃を受け取ると、蹲《うずくま》る寺山の背に、一発、二発と銃を撃ち込んでゆく。そのたびに寺山の身体が痙攣《けいれん》している様は見るに耐えなくて、高沢は思わず「もういいだろう」と声をかけた。

「確かに。単なる八つ当たりでした」

はは、と趙が笑い、顔を上げる。

「櫻内さん、あなたが不死身なのはわかった。だが、こうして私の懐に飛び込んでくるとは、命知らずにもほどがありますよ」

趙の頬は紅潮し、櫻内をねめつける瞳はぎらぎらと不穏な光を湛えていた。容赦なく殺すということだろうと緊張を高まらせたのは高沢ばかりで、当の櫻内は余裕の笑みを浮かべ、射るような視線を向けてくる趙を見返している。

「死にたいというのなら今、この瞬間にでも殺してあげましょう」

趙がすっと手を上げたと同時に、彼の背後に、そして前に控えていた部下たちが一斉に銃を構える。

「待て。琳君がどうなってもいいのか」

高沢が琳君のこめかみに銃を押し当てたのに、趙ははっきりと動揺してみせたが、彼が口を開くことはなかった。

見捨てたということか、と高沢もまた動揺したが、琳君は察していたようで、「ほらな」と高沢を見上げ、にやりと笑ってみせる。

「ワタシは所詮《しょせん》捨て駒だ」

「…………」

少しの感情も籠もらぬ声で琳君がぽつりと呟いたのが耳に届いたのか、趙の頬はぴくりと震えたが、彼が「よせ」という言葉を口にすることはなかった。

いよいよ銃撃戦が始まるのか、と高沢が銃を握り直し、まずは櫻内の身を守らねばと彼を振り返ろうとしたそのとき、ドォン、というかなり大きな音がしたと同時に、建物が酷く揺れた。

「なっ」

どうしたのだ、と趙らが動揺する中、またもドォン、ドォン、と音が響き、建物の振動が続く。

「ここへと向かう途中、爆発物を仕込んでおいた。そのうちにビルごと崩れ落ちるだろう」

櫻内が艶やかな笑みを浮かべ、趙を見た。

「なんだと？」

「お前の『城』は間もなく崩壊するということだ。ビルと心中する気がないなら早く逃げ出すことだな」

「……貴様……っ」

趙の顔には今や、余裕の欠片《かけら》もなかった。憎悪の籠もった眼差しを櫻内へと向けながら、部下の男たちを押し退け、一歩一歩櫻内へと近づいてくる。

「私に恥をかかせようというのか」

怒りに燃えた目をした趙が、引き金に手をかけようとする。

「よせ！」

高沢が彼に銃口を向けようとしたのに、琳君が振り返って叫んだ。そのまま高沢を突き飛ばし、琳君は趙に向かって駆けだしてゆく。

「琳君！」

趙の動きが一瞬止まったそのとき、床に這い蹲《つくば》り身動き一つとっていなかった寺山がいきなり顔を上げた。

「死ね！　趙！」

断末魔の叫びともいうべき声を上げた寺山が、最後の力を振り絞り銃を撃つ。趙に向かって駆けていた琳君が身体を彼へとぶつけていく、一連のできごとがまるでスローモーション画像のように高沢の目の前で繰り広げられていった。

ダァン、と銃声が響いたと同時に琳君の身体が後ろへと飛んだ。寺山の身体もがくりと崩れ落ち、ぴくりとも動かなくなった。

「琳君！」

趙が叫び、体勢を立て直して弟へと駆け寄っていく。

「大丈夫か！」

弾は琳君の腹に命中していた。だらだらと血が流れる傷口を押さえ、琳君が「だいじょうぶ」と小さく笑ってみせる。

「あなたが無事でよかった」

「琳君！」

にこ、と琳君は微笑むと、趙の手を退《しりぞ》け、無理に身体を起こそうとする。そのときまたドオン、という轟音《ごうおん》が響き、天井からバラバラと瓦礫《がれき》が崩れ落ちてきた。

「趙老大、危険です」

趙の部下たちは皆すっかり及び腰になっていた。琳君の傍らに跪《ひざまず》いていた趙が彼らをぐるりと見回したあと、真っ直ぐに櫻内を見据えてきた。

「……この仕打ちは忘れない」

喉から絞り出すようにした声は、老人のそれのように酷く掠れていた。櫻内を睨み付ける眼差しは、それで人が殺せるのではないかというほどに鋭くぎらついている。

「今日のところは退く。だが次こそお前が死ぬ番だ」

吐き捨てるようにそう告げ、趙が、足手まといになりたくないと思ったのだろう、抗《あらが》う琳君を強引に抱き上げた。

「行くぞ」

趙が周囲を見渡し声をかけると、銃を構えていた男たちは一斉にそれを収め、趙のあとに続いて建物の奥へと進んでいった。

「我々も行くぞ」

櫻内が高沢に笑いかけてくる。

「………」

行くぞといわれても、未だに櫻内がこの場にいることを信じがたく思っていた高沢は、思わず彼の笑顔に見入ってしまっていた。

「く、組長！」

早乙女のほうが驚きから立ち直るのは早かったようで、泣き出さんばかりの声を上げ、櫻内へと駆け寄ってゆく。

「さあ」

そんな早乙女の肩をぽんと叩くと、櫻内はその手を高沢へと差し伸べてきた。高沢は彼に向かって一歩踏み出そうとしたが、ふと殺気を感じ、その方を見やった。

「死ね！」

そこにはいかにして手錠から逃れたのか、銃を構えた西村が今まさに櫻内に向け発砲しようとしているところだった。彼が引き金を引くより前に高沢の銃が火を噴き、弾が西村の肩に命中する。

「……高沢……」

西村の手から、ぽろりと銃が落ちた。呆然と己を見つめる彼の視線を浴びながら、高沢自身も呆然とし自分の手の中の銃を見つめてしまっていた。

今、自分はなんの迷いもなく引き金を引いていた。相手が西村であるにもかかわらず、何も考えることなく弾を撃ち込んでいたという事実が彼を驚かせていたのだが、そのときまた、ドォン、という爆発音が響き渡り、瓦礫を落としていた天井が大きく割れ炎が噴き出してきた。

「行くぞ」

炎は天井から壁を伝い、あっという間に床まで広がってゆく。呆然としていた高沢は櫻内に肩を叩かれ、はっと我に返ったが、西村はまだぼんやりとその場に佇み高沢を見つめていた。

高沢が櫻内に促され部屋を出た直後、ががらと天井が崩れ落ちる音が響き渡った。振り返った室内では炎の中、西村が一人佇んでいる。

「西村！」

思わず叫んだ高沢に、西村が泣き笑いの表情を浮かべてみせた。次の瞬間天井が崩れ落ち、西村の姿は瓦礫の向こうに消えた。

「高沢」

早く逃げろ、と西村に呼びかけようとした高沢は、櫻内に名を呼ばれはっとして彼を見た。

「行くぞ」

櫻内が再びそう繰り返し、高沢の肩をぐっと摑む。

「……ああ……」

愚図愚図していては自分たちが危ないと我に返り、高沢は櫻内が確保した逃走経路を彼と共に抜け、非常口から出て外付けの階段を駆け下りた。

一行が建物を出たとほぼ同時に、ドォン、という一段と高い音が響き、十五階建てのビルが崩れ落ちてゆく。瓦礫の飛び散る中、趙の『城』が崩壊していく様を高沢は櫻内と肩を並べて眺めていたが、己の肩に置かれた彼の手の温《ぬく》もりを感じながらも自分が夢でも見ているのではないかという思いを捨てかねていた。


いきなりのビル倒壊にざわめき始めた街を抜け、櫻内が高沢らと向かったのは香港国際空港だった。そのまま専用機に乗り込み、日本に向かうと告げられた高沢は、機内で櫻内に何がどうなっているのだと説明を求めた。

「なんだ、怒っているのか」

高沢の口調がいつになく荒かったためか、櫻内はそう笑うと、隣のシートから身を乗り出し、高沢の顔を覗き込んできた。

「……まあ少しは」

『敵を欺くにはまず味方から』という櫻内の作戦はわからないでもないが、高沢にしてみたら櫻内が死ぬのではないかと、それこそ死ぬほど案じていたのに、それがまったくの嘘だったとはと思うと、憤りを感じずにはいられない。

「許せ」

ははは、と櫻内は笑い、高沢の頬に繊細な指先を伸ばしてきた。

「寺山の裏切りを燻《いぶ》り出すには、ああするしかなかった」

「ああするというのは？」

具体的に何があったのだ、と尋ねる高沢に、騙《だま》した罪滅ぼしとばかりに櫻内は詳細を説明してくれた。

香港での襲撃を予測はしていたが、ああも大がかりであることまではさすがの櫻内も考えていなかった。ボディガードらの働きと、本人が防弾チョッキを身につけていたことからたいした怪我はなかったのだが、この状況を利用し、友人である韓国マフィア、林の手を借り一芝居打つことを思いついたというのである。

「俺が瀕死の重傷を負ったと聞けば、必ず寺山は動くだろうという予想は当たった。趙に鉄砲玉を差し向け、それに怒った趙が東京上陸、抗争の結果菱沼組を配下に置く——だがお前まで鉄砲玉に志願するとは思わなかったぞ」

くすりと笑った櫻内が、ゆっくりと高沢に唇を寄せてくる。

「まさか俺の仇討ちと意気込んだわけでもあるまいが」

「その『まさか』だ」

高沢の答えに、櫻内の動きがぴたりと止まった。

「……この場で抱かれたいのか？」

目を細めて微笑んだ櫻内の手が、高沢の頬から首筋へと下りてゆく。

「空の上は勘弁してくれ」

機内には早乙女をはじめ、十数名の組員たちが同乗していた。こうも大勢の前で恥ずかしい行為に耽《ふけ》ることなど、常識的にあり得ないと首を横に振った高沢に、櫻内がぷっと吹き出す。

「そう思うのなら、俺をその気にさせるようなことを簡単に口にするなよ」

「その気？」

一体何が彼を『その気』にさせたというのだと問い返した高沢に、櫻内はまた吹き出すと、いきなり彼へと覆い被さり強引に唇を塞《ふさ》いできた。

「……っ」

痛いほどに舌を強く絡めるキスをする櫻内の胸を、高沢は「よせ」と押し退ける。

「キスくらいはいいだろう」

不満そうにしながらも大人しく唇を離した櫻内が、高沢に探るような視線を向けてくる。

「まさかまだ怒ってるのか？」

「……まあね」

実際はもう、それほどの怒りを感じていたわけでもないのだが、と思いながらも、ここはこう答えておけば、櫻内がキス以上の行為をしかけてくることもないだろうと、高沢が首を縦に振る。

「……仕方がない。日本に到着するまで、謝り倒すとするか」

やれやれ、と櫻内はそう肩を竦めると、公言どおりそれから高沢の耳元で、「悪かった」としつこいほどに繰り返し、それはそれで高沢を辟易《へきえき》とさせた。

羽田空港到着後は、櫻内は高沢と共に待たせていた自家用車で真っ直ぐに松濤の家へと戻った。

既に家の者たちは櫻内の復帰を知っていたようで、「お帰りなさいまし」とごく当たり前のように頭を下げ出迎えている。

そうなると高沢の胸にはまた、自分ばかりが知らなかったのかという憤りが込み上げてもきたのだが、かつての彼であれば他人と自分を比べそのような感情を抱くことはなかったということに、彼自身は気づいていなかった。

「来い」

高沢が口を開くより前に、櫻内が彼の手を取り三階の自室へと向かってゆく。素直に従うのも癪《しゃく》だと高沢が足を止めようとすると、櫻内は肩越しに彼を振り返った。

「拗《す》ねているのか」

にっと笑って問いかけてくる彼に、確かにこの状態は『拗ねている』としかいいようがないと気づいた高沢が、己の感情に愕然《がくぜん》とする。

「何を驚いている?」

敏感に高沢の気持ちの流れを察したらしい櫻内がそう問うてきたのに、「いや」と高沢は首を横に振った。

「行こう」

櫻内がまた高沢の腕を引き、前を向いて歩き始める。あとに従いながら高沢は、やはり自分は変わったなと改めて自覚していた。

部屋に入ると櫻内は真っ直ぐに高沢をベッドへと連れていった。

「どうしてそんな格好をしているんだ？」

派手派手しい黒の中国服を脱ぐ彼の横で、自分も服を脱ぎながら高沢が問いかけると、

「遊び心だ」

櫻内はそう笑い、見事な刺繍のしてあるその服を床へと落とした。

「余裕だな」

彼の肩は包帯が巻かれていたが、傷はそう深くなさそうだった。様子から軽傷だろうとは察していたが、それでも自分の目で確かめたときの安心感は大きく、高沢は悪態をつきながらも深く安堵の息を吐いた。

「余裕どころか」

ははは、と笑った櫻内が、既に勃《た》ちきっている自身の雄を握り、高沢へと示してみせる。ぼこぼことした形状の、黒光りするそれを見た高沢は思わずごくりと唾を飲み込んでしまい、またもそんな自分に動揺して顔を伏せた。

「そういう意味じゃない」

「わかってるよ」

『余裕』の意味が違うと言いたかった高沢への相槌、『わかっているよ』はもしや、高沢が櫻内の高まりに同調し高まっていることに対するものだったのか、と高沢が気づいたときには、まだ服を脱ぎきっていない身体をベッドに押し倒されていた。

「おい」

「拗ねてみせたり、おねだりをしてみせたり……ようやく『愛人』らしくなってきたじゃないか」

くすくすと笑いながら、櫻内が高沢から残りの服を剝《は》ぎ取っていく。

「誰も拗ねてないし、ねだってもいない」

「だが世の愛人は、自分の命を擲つ危険までは冒さないだろう。お前は最高の愛人だよ」

高沢の抗議の声などまるで無視とばかりに櫻内はそう言うと、じろりと自分を睨み上げた高沢に向かい、愛しげに微笑んでみせた。

「愛している。お前の顔を見ることができないこの数日はもう、おかしくなりそうだった」

「だからそれは……」

誰のせいでもない、自分のせいだろうと言い返そうとした高沢の唇を櫻内の唇が塞ぐ。

「ん……っ」

甘いという形容詞がこれほどに似合うキスはないと思われるような、甘い、熱いキスだった。唇の間から侵入してきた櫻内の舌が高沢の歯列を割り、口内をくまなく舐ってゆく。きつく舌を絡められただけで己の身体が熱してくることに高沢はまた動揺したが、身体のほうは正直で、キスだけだというのに彼の雄にも熱が籠もり始めていた。

「…………」

すぐに気づいた櫻内がくちづけをしたまま、目を細めて微笑みかけてくる。彼の手が高沢の胸から腹へと滑り、両脚を摑んで大きく開かせると同時に、彼の唇もまた肌を下っていき、勃ちかけた雄へと辿り着いた。

「あっ……」

先端に唇を押し当てたあと、櫻内がゆっくりと高沢の雄を口へと含んでゆく。熱い口内を感じた途端、高沢の昂まりは一気に増し、すぐに達してしまうほどに彼の雄は櫻内の口の中で勃ち上がっていった。同時にひくり、と後ろが蠢《うごめ》くのを感じ、またも動揺してしまいながらも、高沢の腰が淫《みだ》らにくねる。

なんたる浅ましさだ、と羞恥《しゅうち》を覚えた高沢が顔を伏せたとき、高沢を口に含みながらじっと彼を見上げていた櫻内と目が合った。

かちりと音がするほど二人の視線が絡み合うのにまた、高沢の後ろがひくひくと震える。

「…………っ」

そこがじんわりと熱まで孕み始めたことはなぜだか櫻内にもすぐに知れたようで、また目を細めて微笑むと、指を後ろへと回しぐっと挿入させてきた。

「あっ」

指の侵入に高沢の背が仰け反り、口から思いもかけない声が漏れる。まだ行為は始まったばかりだというのにと慌てる高沢の下肢から櫻内は顔を上げ、身体を起こすと両脚を抱え上げてきた。

「待ちきれないようだな」

「……う……っ」

まさに今の己の身体は、櫻内の言うよう『待ちきれない』という状態なのだろう。セックスを厭《いと》う気持ちはないが、こうも積極的に身体が求めていることに戸惑いを覚える高沢に、櫻内がさも当然というように微笑みかけてくる。

「幾日も離れていたんだ。当然だろう」

「あっ……」

言ったと同時に、勃ちきった雄がずぶりと挿入されたのに、そうか、当然なのかと頷いていた高沢の背が大きく仰け反った。

「あぁっ……あっ……あっ」

一気に奥まで貫かれたそのあとには、力強い突き上げが待っていた。いつも以上に速く、深いところを抉《えぐ》ってくる櫻内の律動に、高沢の息はあっという間に上がり、絶え間ない声が彼の口から零《こぼ》れてゆく。

「はぁっ……あっ……あっあっあっ」

互いの下肢がぶつかり合うときにパンパンと高い音が響くほど、激しく突き上げてくる櫻内の動きが高沢を早くも絶頂へと導き上げていた。二人の腹の間では彼の雄もまた勃ちきり、ぽたぽたと先走りの液を零している。

「あぁっ……あっ……あっあっあっ」

両手両脚で櫻内の背にしがみつき、ぐっと引き寄せてしまうのは、快楽を求めたいがゆえともうひとつ、確かに櫻内が存在していることを確認したいという高沢の思いの表れだった。

生きていた——瀕死の重傷にあると知らされたとき、目の前が真っ暗になるほどの衝撃を覚えた夜が、彼のためなら死すら厭わないと決意を固め拳を握りしめた夜が——この数日のあらゆる出来事が走馬灯のように高沢の頭に蘇る。

人の命を奪うことにすら、ひと欠片の罪悪感も覚えなかった——道義も倫理も全て忘れるほどに己を駆り立てた男の背に、高沢は両手両脚で力一杯しがみつく。

『愛』——絶頂すれすれの朦朧《もうろう》とした意識の中、そのひと文字が浮かぶ。と、そのとき片脚を離した櫻内が高沢の雄を握り一気に扱《しご》き上げてきたのに彼は達し、一段と高い声を上げていた。

「あぁっ……」

大きく背を仰け反らせ、櫻内の手の中で果てた高沢と同時に櫻内も達し、ずしりとした精液の重さが高沢の後ろに伝わってきた。

「……ぁ……っ……」

その重さすらも愛しいと思う自分に、なんだか笑ってしまいながら、高沢は一段と強い力で櫻内の背を抱き締める。

「……愛している」

櫻内が高沢を引き剝がすようにして身体を起こすと、改めてそう囁《ささや》きながら、彼に覆い被《かぶ》さってくる。

「……ああ」

頷いた高沢に櫻内は一瞬虚を衝《つ》かれた顔になったが、すぐに煌《きら》めく黒い瞳を細めて微笑むと、息を切らせている高沢の唇に、顎に、そして熱い想いを湛える胸にと、次々と唇を押し当て、痛いほどに吸い上げては赤い痕《あと》を残していった。


翌日の夜、櫻内の私邸を八木沼が訪ねてきた。

「無事に終わってよかったやないか」

祝いや、と八十五年のロマネコンティ持参でやってきた八木沼に、櫻内が丁重に頭を下げる様を、傍らに控え眺める高沢の胸中はなかなかに複雑だった。

「兄貴にはご心配をおかけしまして」

櫻内は八木沼には早々に、自分の怪我が狂言であると打ち明けていたということだった。

八木沼のみ特別扱いか、と高沢が内心不満に思っていることはすぐに櫻内にも、そして八木沼にも伝わったようで、二人顔を見合わせ笑い合っている。

「なんや、ますます『愛人』らしいリアクションを見せるようになったの」

「ええ。もう可愛《かわい》くて仕方がありません」

八木沼の揶揄に、照れる素振りもなく櫻内が返したのに、「こりゃええ」と八木沼が爆笑した。

「ええか？　高沢さん。この男がワシにあんたより先にカラクリを知らせよったのはな、あんたが鉄砲玉に名乗りを上げたからやで」

「え？」

笑いながら八木沼が自分に話を振ってきたのに、高沢は意味がわからず戸惑いの声を上げた。

「あんたが頼る人間はワシしかおらんやろ、いう櫻内の読みやったんや。それなのになんや。ワシのところにはなんも言ってこんで、勝手に香港に行きさらしおって」

「……あ……」

そういうことだったのか——確かに当初高沢は、八木沼を頼るつもりだった。それを見越して櫻内は自分の狂言を八木沼に伝え、協力を仰いだのだという説明に、嘘のように心が晴れていくのを照れくさく思いながらも、高沢は八木沼に向かい「申し訳ありませんでした」

と深く頭を下げた。

「ええて。あんたも素晴らしい人脈を持っとったっちゅうことや」

気にせんでええ、と八木沼は高らかに笑ったあと、今度は櫻内が憮然《ぶぜん》とした顔になったのがおかしいと、爆笑した。

「ええやないか。すべてまあるく収まったんや」

「まあ、そうですね」

櫻内もまた笑顔を取り戻すと、八木沼に向かって頷いてみせる。

「趙は、三合会の制裁から逃げ回っとるらしいわ。またも日本上陸に失敗した挙げ句に、ニッポンのヤクザに香港でこれでもかっちゅうほど恥かかされたさかいな。中国黒社会の面子《メンツ》が立たんとエキサイトしとる輩《やから》に命を狙われとるゆう話やった」

八木沼が集めた情報を提供してくれるのを、高沢は興味深く聞いていた。

「倒壊したあのビルには逃げきれんかった連中の死体がごろごろしとったいう話やったけど、一応皆身元は割れた、いう話やったな」

寺山の死体のみ、身元不明ということになっている、と言う八木沼に思わず高沢は、

「あの」

と問いかけていた。

「なんや」

八木沼が高沢に、にっこりと笑いかけてくる。

「寺山以外に、日本人の遺体は……」

高沢の問いを聞いた櫻内の眉が一瞬顰められたが、口を開くことはなかった。

「ああ、西村か？」

八木沼がずばりと核心を突いた問いを高沢に返す。

「ええ、まあ……」

やはり日本の極道の頂点に立つといってもいいこの二人を誤魔化すことなどできないか、と内心溜め息をつきつつ頷いた高沢に、

「ワシも気になって調べてみたんやけど、少なくとも遺体の中にはおらんかった、いう話や」

八木沼はそう答え「気になるか」と逆に高沢に問いかけてきた。

「いや。それほどでも」

「無理せんでええ」

あっはっは、と八木沼は笑ったあと、わざとらしく何かに気づいた顔になった。

「愛人やから気ぃつかっとるゆうわけか。えらい失礼したな」

「いえ、本当にそれほどは気にならないのです」

気にならないと言えば嘘になる。が、西村の存在は高沢の中で確実に変化を遂げていた。

かつては同胞と思っていた彼は今、確実に敵方の存在である。憎悪に凝り固まった彼がいかなる行動に出るかを気にしているだけ——とはまだ言い切れないが、今までのように西村に対して行く末を見守るという思いは既に、高沢の中にはなかった。

「まあええわ。そうそう、琳君もどうやら無事らしいで。かなりの怪我やったそうやけどな」

からかい甲斐がないせいか、八木沼はすぐ高沢を弄《いじ》るのに飽き、話を趙らに戻した。

「まあ、当分は奴らも大人しくしとるやろ」

ええこっちゃ、と笑いながら八木沼が持参したワインに口をつける。

「趙のことです。今度は新宿制覇を手土産に、中国黒社会に復帰しようとでも考えているのではないですかね」

櫻内が口にした『予言』は確実に現実のものになりそうだ、と高沢は思いながら、優雅な仕草でワイングラスを口へと運ぶ彼を見た。

趙ほどの男が、敗退したまま——しかも二度も、である——黙って引っ込むはずがない。その上中国黒社会からも貶《おとし》められ、追われる立場になった彼の櫻内追撃にかける情熱はいかほどのものかと思うと、平和を楽しんでいられるのも束の間であろうと予測できた。

間もなく更に激化した争いが始まろうとしている——櫻内も当然覚悟しているだろうに、彼の微笑みはどこまでも優美で、焦りなど欠片ほども感じられない。

思わず見惚れずにはいられない魅惑的な笑みに綻《ほころ》ぶ、輝くばかりの美貌の持ち主である彼はまた、東京を——否、日本の闇社会を揺るがすほどの危機とも言える香港マフィアとの争いの予感に、眉一つ動かさぬほどの剛胆な心根の持ち主でもある。

彼なら——櫻内ならきっと、いかなる危機をも優雅な微笑と力強いその腕で戦い抜いていくに違いない。それゆえ彼は、多くの組員の心を摑んでいるのだろう、と納得する高沢の頭にふと、早乙女の顔が浮かんだ。

先ほど早乙女がもじもじしながら高沢の部屋を「あの約束はナシでいいから」とわざわざ言いに訪れたのである。

最初高沢は彼が何を言っているのかわからなかったのだが、説明されてようやく彼と『無事に帰国したら抱かれてやる』という約束を交わしたことを思い出した。

「ひでえなあ」

早乙女はショックを隠しきれないようだったが、「本当にいいのか？」と高沢に問われると、とんでもない、とぶんぶん首を横に振った。

「そんな約束したことが知れたら、組長に殺されちまう。せっかく助かった命を無駄にしたくねえんだよ」

頼むよ、と早乙女が泣き出さんばかりで頼んできた、その顔もまた可笑《おか》しかったと、一人の思考に嵌っていた高沢は、八木沼の声に我に返った。

「えらい涼しい顔して恐ろしいことを言いよる。ほんまあんたは男の中の男や。ワシが惚れ込むだけのことはあるわ」

「ありがとうございます」

満更世辞とは思えない八木沼の言葉に、櫻内が丁寧に頭を下げている。

確かに惚れ込まずにはいられない——高沢も思わず八木沼の言葉に同調し頷いたのだが、万人が惚れ込まずにはいられない『男の中の男』が惚れ込んでいるのはまさに自分であると自覚するまでには、未《いま》だ至っていなかった。

せや櫻内 お前
えらい派手派手しい
チャイナ服着た
らしいやないか
たくらみは終わりなき獣の愛で
～コミックバージョン～
原案：愁堂れな
作画：角田 緑
兄貴
耳が早い
ですね
そら
当たり前
やないか!!
そういえば
コスプレ好き
だったな…
そない楽しい
こと聞いたら
もういてもたってもおれんように
なってな
どん
趙に完全勝利した
ことを祝して
ワシからの
プレゼントや！
きっと似合う
思うんやけどな
これは
いたみいります
？
!!

END

あとがき

はじめまして&こんにちは。愁堂れなです。この度は三十七冊目のルチル文庫となりました『たくらみは終わりなき獣の愛で』をお手に取ってくださり、本当にどうもありがとうございました。

たくらみシリーズ復刊もこの本でラストとなります。まずはイラストをすべて描き下ろしてくださいました角田緑先生に心より御礼申し上げます。

ノベルズ発行時にも激萌えさせていただいていましたが、今回もまた、毎回萌え死にそうになるくらい萌えさせていただきました。一粒で二度美味しいとはまさにこのこと！

本当に私は幸せ者です。素晴らしいイラストをどうもありがとうございました。今後ともどうぞ宜しくお願い申し上げます。

また、担当のO様をはじめ、本書発行に携わってくださいました全ての皆様にも、この場をお借りいたしまして心より御礼申し上げます。

たくらみシリーズは以前ゲンキノベルズで発行していただいていたのですが、一冊目を書いたときに、是非またこの二人を書きたい、と思い、初めて（そして多分唯一）自分から当時の担当様にお願いしてシリーズ化していただいた作品でした。シリーズ作品では私はあまり先々を考えていないというか、続けられるだけ続けたいな、というパターンが多いのですが、『たくらみ』はシリーズ化が決まった際、四冊、と区切りをつけようと初めて自分で決めた作品でもありました。なぜ四冊と決めたのかはちょっと覚えてないんですが（ダメですね・汗）、実際四冊書き上げてみると、角田先生が描いてくださった櫻内や高沢と別れがたくなってしまい、機会があったらまた『第二部』をはじめたいなと思っていたところ、ルチル文庫様で復刊と続きを書かせていただけることになり、大変嬉しく思っています。

これも『たくらみシリーズ』を応援してくださっている皆様のおかげです。本当にどうもありがとうございます！

第二部は来年始動の予定です。第何部までいくのかはわからないのですが、できるだけ続けていきたいなと思っていますので、応援よろしくお願いいたします。

今回の書き下ろしはこのあとがきのあとに、自分的お気に入りの八木沼と櫻内の飲みの席の場面を書かせていただきました。こちらも少しでもお楽しみいただけると幸いです。

次のルチル文庫様でのお仕事は来月（なんと十周年の当月です！）文庫を発行していただける予定です。こちらもよろしかったらどうぞお手に取ってみてくださいね。

また皆様にお目にかかれますことを切にお祈りしています。

平成二十四年八月吉日

愁堂れな

「しかしほんま、羨ましいわ」

酒が進んでくると八木沼《やぎぬま》は同じ言葉ばかりを繰り返し、舐めるような目線を高沢《たかざわ》の顔から身体《からだ》に這《は》わせてきた。

「兄貴」

櫻内《さくらうち》が苦笑しつつも、高沢に、下がっていろ、と目配せをする。

「ああ、心配いらんて。ワシも道義は弁《わきま》えとるからな。あんたが飽きでもせんかぎり、コナかけるような真似はせえへんて」

わっはっは、と高らかに笑う。ここまでのやりとりが何遍繰り返されてきたか、と高沢は密かに天を仰いだ。

櫻内が無事に趙《チョウ》をやり込め香港から帰国した翌日、八木沼はロマネコンティを手に櫻内の許を訪れた。彼には色々と便宜を図ってもらったという恩もあり、また、以前、八木沼宅には宿泊させてもらった恩義もあったため、夜も更けてきた頃に櫻内が八木沼に、なんなら泊まっていってほしいと持ちかけた。

当初、東京の愛人宅に泊まるつもりだったという八木沼は櫻内の誘いをことのほか喜び、早々に予定変更の連絡を各所に入れたかと思うと、本格的に腰を据え飲み始めてしまったのだった。

酒豪の誉れ高い八木沼ではあるが、さすがの彼も持参したロマネコンティに続き、櫻内の所蔵していたロマネを二人して三本空けるうちに、相当酔払ってしまったらしく、何度も同じ話を繰り返すようになった。

その『同じ話』というのが、櫻内の愛人、高沢についてであり、再三『羨ましいわ』と繰り返しては、飽きたら自分に譲ってほしいと冗談めかして頼むのである。

もとより八木沼には、気に入られている自覚が高沢にもあった。その理由を高沢は、自分が櫻内の愛人だからだろうと判断していた。

自分が認めた相手が唯一無二の愛人の座に据えている。何か『持って』いるとでも思われているのでは、という自身の判断は、そう誤っていないと高沢は踏んでいた。

もともと好印象をもたれていたところに、今回の香港行きで、八木沼の高沢に対する評価はますますあがったようで、先ほどから何度も賞賛の言葉を口にしては、いやらしい目で高沢の全身を舐め回すように眺めている。

「床上手、射撃の腕もオリンピック選手なみ、その上、オノレの命をかけるほどに忠誠心が強い愛人や、なんて羨ましすぎるわ。ワシの愛人は金目当ての女ばっかりで、ほんま、いやになるで」

「兄貴の愛人に男はいないんですか」

ここで櫻内が唐突に八木沼に問いかけた。

「男はおらんな」

即答したあと八木沼が、

「男か……」

と、妙案でも思いついた顔になる。

「ムショん中はともかく、女がおるのに男を抱かんでも、と思うとったが、なるほどな。男の愛人、いうんもええもんかもしれんな」

探してみよ、と八木沼はまたも豪快に笑うと、櫻内と、そして高沢を見やり、にたり、とそれは淫靡《いんび》に笑ってみせた。

「女とやるより、よっぽどええか？」

「そうですね」

絶句する高沢の横で、櫻内が苦笑する。

「男女の比ではなく、コレが格別にいいんですがね」

言いながら櫻内がすっと手を伸ばしたかと思うと、高沢の太股をぐっと摑《つか》み、その手をすっと脚の付け根まで滑らせた。

「……おい……っ」

人前で何をする、と慌てて高沢は櫻内の手首を摑んだが、かまわず櫻内は更に奥へと手を滑り込ませてくる。

「こらぁ、ええ」

八木沼が歓声を上げ、身を乗り出して櫻内の手の行方を目で追おうとする。

「いい加減に……っ」

しろ、と高沢は片手で無理ならと両手で櫻内の手を摑み、自身の下肢からはずさせた。

「なんや、二人がやっとるとこ、見とうなったわ」

さぞ色っぽいんやろうな、と八木沼が、にやにや笑いながら、力を込めたせいで赤くなっているであろう高沢の顔を凝視する。

「お見せしたいのは山々ですが、コレが人目を嫌うもので。いい顔はできないと思いますよ」

櫻内がにっこりと、それは優雅に笑いながらもまた、高沢の太股《ふともも》に手を伸ばしてくる。

「よせ」

慌ててその手を振り払う高沢を見た八木沼は、心底羨ましそうな顔となり、

「ああ、ワシも床上手で色っぽいボディガード兼愛人がほしいわ」

と酔っているせいか部屋中に響きわたるような大声を上げたのだった。

その後、八木沼がそろそろお開きにしようと言い出すまで、櫻内はセクハラとしかいいようのない悪戯《いたずら》を彼の前で繰り返した。

「当てられたわ」

八木沼は苦笑しつつ、早乙女《さおとめ》と渡辺の先導で屋敷内でも最上級となる客間へと案内され――アイドルなみに整った渡辺《わたなべ》の顔を見た彼が『ワシの愛人にならへんか』と口説きはじめ、渡辺本人ばかりか早乙女までを唖然《あぜん》とさせるという一幕があったが――彼を見送ったあと、高沢はいつものように櫻内の寝室へと呼ばれ、すぐさまベッドに押し倒された。

キスで唇を塞《ふさ》がれるより前にと高沢が、先ほどまでの櫻内の行為を責める言葉を口にする。

「本当に、どういうつもりなんだか」

すると櫻内はさも、理解が悪い、と言いたげな顔になり、逆に高沢を責めはじめた。

「釘を刺したんじゃないか。八木沼の兄貴は本気でお前を欲しがっていたぞ」

「さすがにそれはないだろう」

酒の上での冗談としか受け止められなかった高沢がそう漏らすと、櫻内は、やれやれ、というように大仰に溜め息をついてみせた。

「勿論、兄貴が道義に外れたことをするわけがない。今は俺の愛人だから諦めてくれてもいるが、隙《すき》を見せようものなら持っていかれる。そのくらいの執着はあったぞ」

「ない」

あり得ない、と即答した高沢を見下ろし、またも櫻内が、やれやれ、と溜め息を漏らした。

「少しは自覚を持て。この俺がこんなに参っているんだ。それは勿論、察しているんだろう？」

「…………」

面と向かってそんな、口説きとしかいいようのない言葉をかけられ、返事に詰まった高沢だったが、続く櫻内の言葉には、絶句もしていられなくなった。

「そんなことだから若造相手に『抱かせてくれ』なんて言われるんだ」

「それは……っ」

なぜそれを知っているんだ、と慌てる高沢を前に櫻内は三度《みたび》、やれやれ、というように溜め息をついてみせると、不意にニッと笑い唇を寄せてきた。

「可能性の芽は摘《つ》んでおくに限る。お前は俺のものだと見せつけるのもその一環さ」

言いながら櫻内がすっと手を滑らせ、シャツの上から高沢の乳首をきゅうっと抓《つね》り上げる。

「……あっ……」

痛みすれすれの快感に堪《たま》らず喘《あえ》いだ高沢の顔を見下ろし、櫻内は実に満足そうに微笑むと、

「本来なら、誰にも見せたくない顔ではあるが、仕方がない」

そんなことをぼそりと呟《つぶや》いたあと、高沢が意味を問う隙を与えずにまた、きゅうっと彼の乳首をきつく抓り上げたのだった。

✦初出　たくらみは終わりなき獣の愛で……GENKI NOVELS「たくらみは終わりなき獣の愛で」(2007年4月)
コミックバージョン…………………GENKI NOVELS「たくらみは終わりなき獣の愛で」(2007年4月)
自己主張……………………………書き下ろし

愁堂れな先生、角田緑先生へのお便り、本作品に関するご意見、ご感想などは
〒151-0051 東京都渋谷区千駄ヶ谷4-9-7
幻冬舎コミックス　ルチル文庫「たくらみは終わりなき獣の愛で」係まで。

幻冬舎ルチル文庫

たくらみは終わりなき獣の愛で

2012年 9 月20日　第1刷発行
2016年11月20日　第2刷発行

✦著者　愁堂れな　しゅうどう れな

✦発行人　石原正康

✦発行元　株式会社 幻冬舎コミックス
〒151-0051 東京都渋谷区千駄ヶ谷4-9-7
電話 03(5411)6432[編集]

✦発売元　株式会社 幻冬舎
〒151-0051 東京都渋谷区千駄ヶ谷4-9-7
電話 03(5411)6222[営業]
振替 00120-8-767643

✦印刷・製本所　中央精版印刷株式会社

✦検印廃止

ISBN978-4-344-82615-1　C0193　Printed in Japan